KB199366

# 열아홉 담장을 뛰어넘는 아이들

열아홉 담장을 뛰어넘는 아이들

문경보 글

마음의숲

# 등대의 마음으로

육십이 되니 그리운 이들이 자주 떠오른다. 주로 나의 이야기를 잘 들어주는 사람들이었다. 청소년들과 어울려 지낸 지 벌써 서른다섯 해. 제도권 학교와 세상을 떠돌면서 이 땅의 다음 세대 친구들, 그리고 그들의 부모님, 선생님들을 만난 세월이 나에게 선물해 준 지혜가 있다. 세상 소리의 가치는 듣는 이에 따라 달라진다는 것. 귀명창이 있어야 소리꾼의 소리가 더 진해지는 것과 같은 이치다.

나의 소리를 잘 들어주던 이들을 떠올리면, 서 있기조차 힘든 현실을 감당할 수 있고 안 보이던 길이 보였다. 이 책은 그런 통찰의 시간을 거쳐 완성되었다. 지난 열두 해 동안 단 한 줄의 글도 쓸 수 없었던 내가 다시 이렇게 책까지 펴낼 수 있었던 것은 나의 소리를 들어준 고마운 그대들 덕분이다.

아! 세월을 오래 살아낸 나도 현실과 미래 앞에서 이렇게 주춤거리는데 이팔청춘들은 오죽할까? '차라리 꿈이 없었으면 좋겠어요'라고 말하며 울던 여고생. 꿈꾸는 것이 힘겨워, 꿈을 이루는 것이 너무 힘들어 아예 꿈을 외면해 버린 아이들. 최선을 다해 원하는 대학에 진학했지만 뭔가 허전하다며 힘겨워했던 제자들. 그들의 아픈 소리를 들으면서 그 친구들의 마음을 가만히 바라볼 때면, 그 관음의 시간을 만나면, 나는 마음이 너무 아렸다.

성적과 학교생활, 그리고 몇 가지 적성 검사와 그들의 흥미를 바탕으로 청춘들의 꿈을 이루는 과정을 함께 갈 수 있다고 생각하는 것은 참 순진한 생각이다. 꿈을 향해 나아가는 과정에서 마음에 만들어진 상처, 상처가 점점 커져서 돌 같은 암이 되어 마음과 심지어 몸까지 기능을 잃게 만들어버리는 그 상황에 대해 우리들은 얼마나 관심을 가지고 해결 방안을 찾으려 했을까? 이 책은 그 해결 방안의 한 갈래를 제시하고 싶은 마음에서 시작한 글이다.

등대의 마음으로 글을 썼다. 어두운 밤바다를 항해할 때 함께 바다를 여행하지는 못해서 아쉽고 안타깝지만, 늘 밤이면 뱃길을 밝혀주는 등대. 언제나 돌아오면 그 자리에서 맞이해주는 등대. 그 등대의 마음으로 글을 썼다.

약속을 지키지 못한 후배의 글을 끝까지 기다려준 '마음의숲' 대표 권대웅 형에게 고개 숙여 예를 표한다. 이 책은 《피앤피뉴스》에 연재했던 글을 다듬어 모은 것이다. 마감 기일을 자주 어겼음에도 늘 밝은 웃음, 격려의 말을 건네며 기다려준 《피앤피뉴스》 마성배 대표님에게도 감사의 마음 전한다.

부족한 글을 세상으로 보낸다. 씨앗을 선물하는 마음으로 그대들에게 보낸다. 그대들의 마음에 잘 심어두셨다가 꽃 피우고 열매 맺으셔서 이 책이 그대들의 기쁨으로 남게 된다면 참 행복하고 고맙겠다.

2025년 봄

# 차례

청소년 지도사의 길을 걷게 된
금쪽이

세상을 살아내다 보면 종종 운이 없다고 생각하게 될 때가 있다. 그럴 때는 자칫 스스로를 비하하게 되고, 자존감은 잡을 새도 없이 지하로 추락하기도 한다. 지금 내 앞에서 수업 교재를 자신이 들고 가겠다면서, 올해도 선생님의 흑기사가 되겠다고 말하면서 해맑게 웃는 주영이가 그 비운의 주인공이 될 수도 있을 것 같았다.

작년, 그러니까 주영이가 고등학교 2학년 때 나는 주영이 반 교과 담당 교사였다. 궁합이 잘 맞는 반이었다. 주영이는 수업 시작하기 전 교무실로 와서 내 수업 교재를 미리 들고 가고, 문 앞에는 다른 친구들이 경쟁하듯 서 있다 문을 열어주곤 했다.

학년말, 다음 해 고3 담임으로 결정된 나는 교과 담당이 아닌 학급 담임으로 만나게 될 주영이 반 아이들 이름을 보고 마음이 착잡했다. 교과 담당 교사와 학생일 때는 좋던 사이는, 다음 해 미주알고주알 간섭해야 하는 담임 교사와 학생으로 만나게 되면 틀어지는 경우가 많기 때문이었다. 특히나 대학입시를 앞둔 고3은 담임 교사와 늘 좋은 관계를 유지하며 지내는 것이 그리 쉽지 않았다. 학교에서 만나게 되는 운이 없는 경우가 발생한 것이다.

이런 경우가 생기면 나는 숨겨서 불안해 하기보다 꺼내놓고 불편한 쪽을 택하곤 했다. 그래서 2월 말 예비모임에서 이런 내 염려를 이야기하고 새로운 만남으로 관계를 맺기까지에는 시간이 좀 필요하니 서로 충돌할 때는 반걸음만 뒤에서 심호흡 한번 하고 상황을 이어나가자고 했다. 다행히 아이들은 긍정적으로 받아들이면서 학년 초 변화된 상황에 잘 적응해 주었다. 주영이만 예외였다.

　최주영. 4대째 목사님 집안에서 태어난 친구. 어머니께서 마흔에 난 늦둥이이자 외둥이. 초등학교 때까지는 자기 마음대로 하다가 선생님께 자주 야단을 맞고, 중학교 때는 고집을 자주 피워 친구들에게 은근한 따돌림을 당하고 자신도 아이들에게 무관심한 척 하면서 책만 읽고 지낸 아이. 집밖에서 숙박하는 학교 행사에는 한 번도 참석한 적 없는 아이. 그래서 별명이 '금쪽이'가 되어버린 아이. 고등학교에 와서는 선생님하고만 대화하는 것으로 유명해진 아이. 그래서 별명이 '꼰대 금쪽이'로 변해버린 아이. 2학년 때처럼 내 수업 교재를 들어주기 위해 왔다가 올해는 하지 않아도 괜찮다는 내 말을 듣고 당황한 표정으로 한참 노려보다가 교무실을 나간 뒤부터 인사는커녕 눈도 마주치지 않는 아이. 그런 주영이와 고3 첫 진학 상담을 하는 시간.

열아홉 담장을 뛰어넘는 아이들 – 청소년 지도사의 길을 걷게 된 금쪽이

"교대로 진학하고 싶어요. 초등학교 선생님이 되고 싶어요. 중학생 때는 가르쳐서 고치려고 해도 소용없어요. 초등학교 때 확실하게 가르쳐야 올바른 사람으로 만들 수 있어요. 전 그렇게 생각해요."

"교사가 되고 싶구나. 그런데 지금 네 성적으로는 힘들다는 것은 알고 있니?"

"어느 정도 올려야 해요?"

"많이. 아주 많이 올려야 해."

"올해 열심히, 아주 열심히 공부해서 성적 올리면 가능해요?"

"생활기록부 내용은 교사가 되기에 필요한 부분들은 거의 채워져 있구나. 자, 그럼 이렇게 하자. 일단 이번 1학기에 최선을 다해서 공부해라. 모의고사를 치르고 난 결과랑 1학기 내신 성적이 나오면 여름 방학 전에 한 번 더 상담하자."

인사도 하지 않고 건조한 표정으로 자리에서 일어나 교무실을 나서는 주영이를 보면서 나는 한숨을 쉬었다. 올바르게 가르치는 교사…. 아이들과 생활하는 것이 즐거운 교사…. 그러나 고민을 오래 하면서 주영이와 대화를 나누기에 3월 고3 담임 업무는 무척 바빴고, 우리 반에는 주영이만 있는 것이 아니었다.

"문 선생. 점심 약속 있어요?"

민 선생님. 내 고교 시절 국어 선생님. 우리 아버지와 월남전 십자성 부대에서 함께 근무하신 분. 그래서 늘 나를 친아들처럼 보살펴주시는 나의 멘토. 나와 함께 우리 반 아이들 국어 수업을 하시는 원로 선생님. 3월 말이 되어 입안이 터지고 코안에 열꽃이 잔뜩 피고 눈이 충혈된 내가 안쓰러우셨는지 가정식 삼계탕으로 몸보신하자고 하셨다. 교문을 나서는데 올해 신규 교사 여선생님 세 분을 만나서 점심을 함께 먹게 되었다.

"제가 오늘 아이들 앞에서 야단치다가 고개를 숙이고 울었어요. 제가 부족해서 그런 것인데 아이들에게 심하게 한 것은 아닌가 하는 마음이 들었어요. 그래서 제가 다음부터는 잘해보자. 이렇게 말하고 고개를 들어보니 얘네들이 모두 빙글빙글 웃고 있었어요. 그리고 회장이 일어나더니 저에게 '반사', 이랬어요. '너나 잘하세요'라는 거잖아요. 너무 속이 상해요."

"저는 요즘 밤마다 꿈을 꿔요. 우리 반 아이들을 장풍으로 날려 보내는 꿈이요."

"문 선생님은 담임 반 아이들하고 잘 지내시잖아요. 비결 좀 알려주세요. 저희도 10년쯤 되면 선생님처럼 여유 있게 잘 지낼 수 있나요?"

"저요? 하하. 저도 어제 꿈을 꿨어요. 우리 반 아이들을 일렬로 세워 놓고 야구방망이로 때리려는 꿈이었어요. 그런데 팔이 마비된 것처럼 움직이지 않아서 방망이를 휘두를 수 없었어요. 아이들은 제 옆에서 계속 비웃고 있고요. 아내가 저를 깨웠어요. 제가 고래고래 소리를 질렀나 봐요. 저도 선생님들과 별 차이 없어요. 그래도요, 요즘은 깨고 나면 기분이 좋아요. 아! 내가 아직까지 아이들에 관한 꿈을 꾸고 있구나 이렇게 생각해요. 아직은 선생 해도 되겠구나. 이렇게 생각해요. 제 말이 너무 길었죠? 선생님께서 여기 미녀 삼총사들에게 한 말씀 해주세요."

은은한 미소를 지으며 나의 장광설을 듣고 계시던 민 선생님께서 말씀하셨다.

"나요? 허허. 여기 문 선생님 있잖아요. 말 참 잘하죠? 이렇게 순수하게 선생 노릇하기도 힘들어요. 나요? 난 이제 나이가 들어서 힘이 없어요. 집에 가면 잠 자기 바쁜데…. 꿈을 꾸는 선생님들이 부러워요. 허허. 그런데요. 이 문 선생을 누가 키운 줄 아세요? 나예요. 이 문경보가 내 제자란 말이에요. 그 아이들도 이다음에 선생님들 제자이고요. 허허."

식사를 마치고 돌아오는 길에 올해만 지나면 민 선생님께서 정년퇴임을 하신다는 생각이 들면서 마음이 울적해졌다. 아! 저

분이 학교를 떠나고 나면 나는 누구에게 기대어 지낼까?

"선생님. 아이들 조용하게 해주세요. 교실에서 너무 시끄럽게 떠들어요."

주영이가 잔뜩 화가 난 표정으로 교무실에 와서 소리를 질렀다. 주영이의 손에는 국어 문제집 두 권과 오답 노트, 펜이 들려 있었다. 처음에는 아이들이 수업 시간에 소란스럽게 하는 줄 알았으나 쉬는 시간이나 점심시간에 떠든다는 이야기였다. 나는 종례 시간에 고3 교실은 도서실 같아야 한다고 엄하게 말했다.

종례를 마치고 교무실에 왔을 때 회장, 부회장, 장학 부장 세 명이 따라와서 이야기했다. 사실은 주영이가 학급 회의 시간에 건의해서 쉬는 시간에 그렇게 큰 소리로 떠드는 아이는 없다고 하였다. 체육 시간에 옷을 갈아입고, 이동 수업 때 반 친구들끼리 농담을 하는 것까지 주영이가 화를 내는 상황이라고 이야기했다. 주영이 말이 틀린 것은 아니지만 자신들은 좀 억울하다고 말했다. 속이 깊은 부회장은 주영이의 신경이 너무 예민해서 걱정스럽다고 했다.

"그래도 열쇠는 너희들이 갖고 있는 것 아닐까? 최주영에 대해서는 선생님보다 너희들이 잘 알잖아. 선생님도 대책을 세워볼

테니 너희들도 조금만 더 노력해 주었으면 좋겠다."

다음 날도 주영이는 교무실에 와서 아이들이 여전히 떠든다고 이야기했다. 나는 한 번 더 아이들에게 엄하게 훈계했다. 아이들은 나를 바라보지 않고 고개를 숙이거나 주영이를 노려보기만 했다. 주영이는 나의 훈계나 친구들의 시선에는 신경 쓰지 않고 국어 문제집을 풀고 있었다. 가면을 쓰고 아슬아슬하게 외줄타기 놀음을 하는 기분이었다.

며칠이 지난 후 저녁, 주영이가 문자를 보내왔다. '여전히 아이들은 선생님 말을 무시하고 교실 분위기를 망치고 있습니다'로 시작한 문자에는 주로 떠드는 아이들의 이름이 적혀 있었다. 다음 날 아침 교무실로 주영이를 불렀다. 거칠고 짜증 섞인 목소리로 말했다.

"최주영! 언제까지나 친구들 탓만 할래! 교실에서 공부하기 힘들면 교실 바로 옆에 자습실도 늘 개방이 되어 있고, 점심에는 도서관에 가서 공부하면 되는데 왜 그래! 교실이 네 왕국이라도 되니? 왜 그렇게 네 마음대로 다하려고 해! 너 초딩이야? 세상이 다 네 마음대로 움직여야 한다고 생각해? 다른 방법을 찾을 줄도 알아야지!"

나의 큰 소리에 움찔 놀라서 멍하니 나를 바라보던 주영이가 내 말이 끝나기도 전에 교무실을 나가려고 했다.

"주영아. 이리 좀 와 볼래? 네가 갖고 온 게 뭔지 궁금하네."

옆자리에서 교재연구를 하시던 민 선생님께서 주영이를 불러 세웠다. 주영이는 내 눈치를 보면서 민 선생님께 다가가서 국어 문제집과 오답 노트를 건넸다.

"오호! 문제집 두 권 다 잘 선택했네. 국어 공부하는 요령 잘 알고 있네. 이 문제집 네가 골랐니?"

주영이가 어색하게 고개를 흔들더니 나를 가리켰다.

"역시, 국어 선생님이 담임이니까 좋지? 문 선생님 국어 내가 가르쳤잖니?"

"알아요. 선생님이 대한민국에서 국어를 제일 잘 가르치시는 선생님이라고 담임 선생님이 그랬어요."

"크크. 그랬구나. 자, 보자. 와! 많이도 풀었네. 그런데 틀린 유형의 문제만 자꾸 틀리네. 문법에 좀 약한가보다. 이건 기초적인 내용 정리하고 문제 많이 풀고 분석하면 오르는 부분이니까 미리 포기하지만 않으면 괜찮을 거야. 자. 오답 노트 보자. 와! 글씨 정말 잘 쓰네. 조금만 작게 쓰면 훨씬 시간 절약할 수 있겠다. 국어 수재네. 금방 국어 천재도 되겠는걸. 우리 최주영."

"선생님. 다음에 국어 문제 물어보러 와도 돼요?"

"담임 선생님하고 의논해 보고 내일 수업 시간에 이야기해 줄게. 괜찮지?"

주영이가 나가고 난 뒤 선생님과 나만 있는 교무실, 그러니까 상담실에 침묵이 맴돌았다. 하루 내내 그랬다. 퇴근 시간이 되었다. 4월 초인데 눈이 날리고 있었다.

"봄눈이네. 문 선생. 저녁에 약속 없으면 나랑 대학로에 가서 커피 한 잔 마시자."


"지금도 기억나요. 문 선생이 고1 때 교내 백일장에서 '꽃'이란 제목으로 쓴 글. 아마 장원을 했지요. 학교에서 일하시는 용원들에게 인사를 잘하라는 교장 선생님 말씀에 화가 났다고 시작했던 글. 낮은 자리에 있는 사람들에게도 예의를 갖춰야 한다는 교장 선생님의 훈화를 듣고, 세상에 낮은 자리에 있는 사람이 어디에 있고, 높은 자리에 있는 사람이 어디 있냐고 했던 말. '사람은 저마다 자신의 자리에서 피어나는 꽃'이라는 표현. 참 좋았어. 아주 좋았어. 그때 학생 문경보는 용원 아저씨, 아줌마에게 인사도 잘했고, 중학교 다니는 그분들 아들들에게 국어도 가르쳐주고 그랬지? 용원 분들께서 참 많이 예뻐하셨던 모습이 지금도 눈에 선해요. 그리고 그 학생이 다시 국어 교사로 모교에 온다고 하니 정말 기뻤어요. 하지만 그만큼 염려도 되었어요. 이제 그 염려를 이야기할 때가 된 것 같아요.

교사를 오래 하다 보니 모범생들의 가장 큰 단점은 다른 학생도 모범적이어야 한다는 생각에 사로잡히는 것이란 걸 종종 발견하게 돼요. 문 선생은 누가 뭐래도 모범적인 학생이었고, 모범적인 교사예요. 그리고 착해요. 거기다 여리기까지 한 사람이에요. 내가 보기엔 그래요. 최주영이를 바라볼 때도 저렇게 살다가는 사람들 사이에서 소외될 것 같아 안타까운 마음에 야단을 쳤을지 몰라요. 그러느라고 주영이의 손에 들린 문제집이나 오답 노트에 깊은 관심을 가지지 못했을지 몰라요. 주영이는 자신이 열심히 공부하고 있다는 것을 문 선생님께 자랑하고 싶어서 자주 교무실에 왔다고 생각해요.

아! 물론 본인은 잘 모를 수도 있어요. 그건 일종의 무의식 같은 것일 수도 있으니까요. 그래요. 어쩌면 문 선생님은 주영이에게 건강한 좌절을 경험하게 하고 싶어서 고3 담임으로 여러 가지 말을 하고, 화도 일부러 냈을지도 모르겠네요. 그런데. 주영이가 좌절을 경험한 적이 없는 아이일까요? 외로웠던 경험이 없는 아이일까요? 그 아이를 문 선생이 밀어내고 있는 것은 아니었을까요?"

낮은 목소리로 차분하게 말씀하시는 선생님의 말씀을 듣다가 나는 그만 눈물을 흘리고 말았다. 마치 퇴임사, 마지막 인사를 듣는 것 같았기 때문이었다. 이제 저분과 헤어질 때가 되었다는 현실을 마주하고 있는 기분이 들었다. 내가 기댈 나무 하나, 답답할 때 누워 쉴 그늘이 사라진다는 것을 받아들여야 할 것 같았다.

그 후로 주영이는 틈만 나면 민 선생님께 와서 국어 문제를 물어보았다. 선생님은 당신의 자리 옆에 책상 하나를 놓아주셨다. 그리고 수업 시간 국어 문제 풀이 과정을 설명하는 시간에 꼭 주영이를 참가시켰다. 아이들과 주영이는 국어 문제를 중심으로 새로운 관계가 형성되어 주영이의 별명은 '꼰대 금쪽이'에서 '국어 멘토'로 바뀌게 되었다. 가끔 민 선생님은 주영이와 나에게 간식거리를 나눠주셨다.

어느 날 주영이가 귤 세 개를 들고 와서 민 선생님 책상에 하나, 내 책상에 하나, 자기 책상에 하나, 수줍게 내려놓았다. 그렇게 한 달이 지났고 중간고사를 마친 후 주영이는 민 선생님 옆 책상을 치워도 괜찮겠냐고 나에게 물어보았다. 민 선생님께 먼저 말씀드렸더니 담임 선생님께 허락받으라고 하셔서 말하는 것이라고 했다. 한 달 만에 나누는 대화였다. 이유를 물어보니 쉬는 시간에 반 아이들 국어 문제를 설명해 줘야 하기 때문이라고 했다. 아이들이 교실에서 떠드는 것은 여전히 신경에 거슬린다고 했다.

중간고사 결과가 나온 후 나는 주영이에게 국어 멘토로 수고한 보상이라고 하며 이어플러그를 선물했다. 주영이가 좋아하는 주황색이었다. 주영이가 빙긋 웃었다. 2학년 수업 시간에 나에게 보였던 미소였다. 그리고 시간이 흘러 1학기 기말고사를 마친 후 주영이와 2차 진학 상담을 했다.

"성적이 많이 오르지 않네요. 다른 아이들도 모두 노력해서 그런가 봐요. 그래도 최선은 다했으니까 실망하지는 않아요. 그리고 제 꿈도 포기하고 싶지는 않아요. 그래서 교대로 가지 않고 청소년 지도학과가 있는 대학에 지원해 보려고 해요. 청소년 지도사가 되는 것으로 방향 전환을 했어요.

선생님. 이건 아무에게도 이야기하지 않은 건데요. 사실 저는 집에 가면 아버지랑 거의 대화를 안 해요. 아니, 못 해요. 교회일로 너무 바쁘시거든요. 아버지도 할아버지와 대화를 많이 못 나누셨다고 해요. 그래서 저랑 어떻게 이야기해야 하는지 늘 잘 모르겠다고 하셨어요. 그런데요. 학교에 와서 저는 두 분 선생님 덕분에 아버지, 할아버지 다 만난 것 같아요. 선생님이 절 야단치시지 않으시고, 민동희 선생님께서 저를 예뻐해 주지 않으셨으면

전 지금도 늘 우울하게 지내고 있을지도 몰라요. 그래서 저도 두 분 선생님처럼 아이들을 엄하게 야단치기도 하고 따뜻하게 안아 주기도 하는 청소년 지도사가 되려고 해요."

이듬해, 주영이는 청소년 지도학과로 진학하였다. 민 선생님 께서도 정년퇴임을 하셨다. 스승과 제자 모두가 떠난 학교에는 나 혼자 남았다. 쓸쓸한 2월이었다. 세월은 무정하게 빠르게 흘러갔다.

어느덧 나는 민 선생님의 자리에 서 있게 되었고, 후배 선생 님은 내 앞에서 학생들에게 훈계하고 있었고, 또 다른 주영이들 은 야단맞으면서 가지가지 표정으로 자신의 마음을 봐달라는 신 호를 보내고 있다. 나는 슬며시 미소를 지으며 학생의 이름을 부 르며 덕담을 건네고, 후배 선생님께 차 한 잔 마시자고 했다. 떠 나간 사람들이 남아 있는 사람과 함께 세상을 살아내고 있었다.

# 기대어 울 사람

어떤 사람을 대할 때 불편한데, 굳이 만나지 않아도 되는데 자꾸
그와 만나는 행동을 반복하는 이유는 무엇일까? 불편한 마음을
보상받기 위해서 그에게 어떤 요구를 하기 위함일까? 아니면 그
가 불편해지도록 해서 내 응어리진 마음을 풀려고 하는 것일까?
그럴 수도 있겠지. 그런데 그게 전부일까? 그리고 그를 불편하게
하면 내 마음의 불편함은 완전히 가실까? 일반적으로 사람들이
불편함을 느끼는 대상에게는 기대하는 마음이 남아 있다고 해.
무엇을 기대하고 있었을까?

그것을 알기 위해서는 화난 마음을 가만히 바라보는 시간이 필요
하단다. 미지근한 물 한 잔 마시고, 심호흡 몇 번 하면서, 가능하면
조용하고 나무가 많은 곳에서 천천히 걸어보기를 권해. 걸으면서
내가 그에게 불편을 느끼는 마음 아래에는 어떤 마음이 있었을까
를 생각해 보렴. 나는 무엇을 기대하고 있었을까? 이 질문에까지
이르렀다면 너에게 그는 기대어 울 수 있는 사람이었고, 아직도
그렇게 기대고 싶은 사람인지도 몰라. 그런 관계가 깨어진다는
것에 대한 불안감 때문에 괜히 불평하고 야단맞을 행동을 하고

있었는지도 몰라. 친구야. 그렇게 마음 바라보는 시간을 가진 뒤
에 그 사람과 차분하게 이야기하는 시간을 가져보길 권할게.

아! 그렇다고 해서 네가 불편하게 여기는 그 상황은 변하지 않을
지 몰라. 그렇지만 그 불편함을 받아들일 수 있고, 조금은 편안한
마음이 생길 확률은 높아진단다.

의학이나 심리학보다 네가 크다

꽃샘추위가 제대로 세상을 휘젓고 다닌 어느 3월 이른 아침. 준범이, 그리고 준범이 부모님과 함께 상담하는 시간. 고등학교 1학년 1학기까지는 성적이 1등급이어서 원하는 의대로 진학할 가능성이 있었는데 2학기부터 성적이 2등급 끝자락에 대롱대롱 매달려 있는 상태인 준범이. 부모님께서 상담을 요청했다. 애초에는 준범이를 참석시키지 않고 상담하려 했으나 준범이도 현실을 알아야 정신을 차릴 것이라고 아버지께서 강력하게 말씀하셔서 네 사람이 함께 이야기를 나누는 상황이 되었다.

"선생님. 전 지금도 이해할 수가 없어요. 1학년 여름 방학 때 학원을 바꿔 달라고 하기에 그냥 다니는 게 어떻겠냐고 했더니 그때부터 반항인지 학원을 아예 다니지 않더라고요."

"준범이가 그랬군요. 어머님 마음이 무척 힘드셨겠어요. 아버님도 알고 계셨나요?"

"알고 있었습니다. 그건 본인 선택이니까 존중해 줘야 한다고 판단했습니다. 책임도 본인이 져야 하고요."

부모님과 이야기를 나누는 동안 준범이는 뚱한 표정으로 아무 말 없이 앉아 있었다. 평소 명랑하고 나서기를 잘하는 모습과는 영 다른 준범이가 앉아 있었다. 마치 아주 크고 강한 방패를 들고 있는 병사처럼 보였다.

"의대 진학 가능성을 이야기하기에는 아직 좀 이른 감이 있습니다. 하지만 아시겠지만 의대가 한 끗 싸움이어서 지금 성적으로는 조금 불안하긴 하네요. 이럴 땐 제 경험상으로 가장 불편한 경우를 예상하고 계획을 짜는 게 좋습니다. 죄송한 말씀이지만 혹시 준범이가 고3 마칠 때까지 노력해도 의대 진학하기에 성적이 부족하면 어떻게 하고 싶으세요?"

"재수라도 해야지요. 삼수, 사수라도 해야지요. 머리가 나쁜 놈도 아니고, 본인이 의대를 진학하기를 싫어하는 것도 아니니까요. 저도 그렇게 끈기를 갖고 공부해서 의사가 되었습니다."

굵고 낮은 아버지의 목소리에는 다른 이가 접근하기 어렵게 철책을 치고 있는 병사의 모습이 담겨 있었다. 준범이는 방패를 꼭 붙들고 있었고, 아버지는 철책을 쉼 없이 두르고 있었고, 어머니는 아버지가 이야기를 시작한 다음부터는 아무 말도 하지 않고 계셨다. 준범이의 할아버지가 일찍 돌아가신 후 가난한 집안의 장남이었던 준범이 아버지가 의사가 된 이야기를 들었다. 자신은 준범이를 위해 쏟아붓고 싶다는 이야기 끝에 살짝 울컥하시는 아버지를 보면서 준범이는 하품을 자주 했다. 나는 양해를 구하고 DISC(성격행동유형) 검사지를 세 사람 앞에 내어놓았다.

"아버님 말씀 잘 들었습니다. 일단 오늘은 이 검사지를 작성하고 상담을 마치려고 합니다. 제가 준범이와 개인적으로 상담을 하고 난 뒤 다시 부모님을 만나 뵈었으면 합니다. 괜찮으시다면 그날은 아버님과 둘이 상담했으면 좋겠습니다."

검사 결과 아버지와 준범이는 주도적인 성향인 강한 D형이 나왔고, 어머니는 안정을 추구하는 S형으로 나왔다.

"그냥 체력이 떨어져서 그래요. 걱정하지 마세요. 저 다시 성적 올릴 자신 있어요."

"좋아, 좋아. 체력은 국력이지. 그래, 남자는 힘이야! 하준범! 씩씩해서 좋다! 그런데 부모님과 상담할 때는 왜 한마디도 안 하고 있었니?"

"결과로 보여드려야죠. 아빠처럼 일방적으로 말하고, 엄마처럼 절대 자기 의견 포기하지 않는 분들하고는 이야기하는 게 아무 의미가 없어요. 그냥 행동으로 분명하게 보여드리려고요."

"오케이! 준범이 완전 상남자 인정! 근데 선생님 혼자 소설 쓰는 것으로 생각하고 질문하고 싶은데 한 번 받아 볼래?"

"들어오세요. 얼마든지. 제가 받아들일게요. 헤헤."

"너 왜 아버지 싫어하니?"

"어? 혹 들어오시네요. 음… 정확히 말씀드리자면 싫어하는 건 아니에요. 불편하다고 하는 게 맞는 것 같아요. 아빠는 너무 자기 위주예요. 뭐라고 할까요. 그런 걸 권위적이라고 하나요? 저도 알아요. 아빠가 존경받을 만한 분인 거 잘 알아요. 그래서 어릴 때는 아빠가 제일 자랑스러웠어요. 의사가 되고 싶은 것도 아빠 영향이 커요. 그런데요. 학년이 올라갈수록 아빠가 저에게 명령을 많이 하기 시작했어요. 부모님이니까 그런 건 알겠는데요. 제가 알아서 할 수 있는 것까지 자꾸 건드리니까 너무 불편했어요. 이번에도 그래요. 아직 시간이 많이 남았는데 선생님께 상담하자고 해서 저를 쪽팔리게 만드셨잖아요."

"언제부터 아버지가 불편해졌니?"

"글쎄요. 정확히는 모르겠… 아! 그러네요. 그러니까 할머니가 돌아가신 다음부터였던 것 같아요. 맞아, 그때부터였네요."

"할머니와 아버지 이야기를 나눈 적 있었니?"

준범이가 가만히 생각에 잠겼다. 그동안 나는 차를 끓였다. 준범이가 나에게 선물해 준 홍차였다. 평소 준범이는 홍차 전문가였다. 어렸을 때 할머니께서 끓여주신 홍차가 늘 생각이 난다고 했던 친구였다. 물끄러미 홍차를 바라보다 찻잔을 감싸 쥐면서 준범이가 말했다.

"초등학교 때도 아빠가 불편한 적이 종종 있었어요. 아빠가 너무 무섭고 완벽하게 보여서 할머니에게 아빠 흉을 많이 보았어요. 그러면 할머니는 언제나 제 편이셨어요. 그리고 옛날 아빠가 초등학생이었을 때보다 제가 더 뛰어나다고 말씀하셨어요. 얼굴도 잘생기고 성적도 더 좋고, 그러니까 이다음에 아빠보다 제가 더 훌륭하게 될 거라고 하셨어요."

"할머니 덕분에 아버지 흉을 마음 놓고 볼 수 있었구나. 아버지는 늘 같은 모습을 보이셨는데 할머니가 계실 때는 견딜 수 있었구나. 그랬구나."

준범이는 다시 침묵에 빠졌다.

"자, 준범아. 우리 편안하게 이야기 나눠보자. 아버지 말씀처럼 재수, 삼수하고 난 뒤에도 성적이 나오지 않으면 어쩌지?"

"선생님. 저 재수 안 해요. 그건 아버지 생각이에요."

"그래. 그래야지. 재수하지 않는 것에 나도 한 표! 일단 의대 목표로 정하자. 그런데 만약 성적이 안 나오면 지원할 다른 학과를 하나 생각해 보는 것은 어떻겠니?"

"어느 과요?"

"너 왜 의대에 가고 싶니? 아버지와 관련된 내용 빼고 말해 줄 수 있겠니?"

"뇌가 궁금해요. 할머니가 치매 걸리셨을 때 정말 슬펐거든요. 사람들의 마음에 대해서도 알고 싶고요."

"그렇구나. 선생님이 네 적성검사 자료와 세부능력 특기사항들을 살펴보니까 의학과 비슷하게 심리학이 너에게 맞는 학과라는 분석을 하게 되었어. 심리학과는 네 성적으로 도전해 볼 만하고 말이야."

"어? 실은 저도 심리학과 생각 자주 했어요. 인공지능이 심리학과 관련 있다는 이야기를 듣고 책을 읽어봤는데 재미있었어요. 뇌와 마음의 관계도 알아보고 싶고요."

"이야기하는 것을 보니 심리학책을 꽤 많이 읽었나 보다. 그럼, 심리학과 진학에 대해서 부모님과 이야기를 나눠볼래?"

준범이 얼굴이 어두워졌다.

"아빠에게 이야기를 어떻게 해야 할지 모르겠어요."

"그렇구나. 왜 아버지와 이야기하는 방법을 잘 모를까?"

"깊은 이야기를 길게 해본 적이 없어요. 그리고 아빠가 제 이야기를 잘 들어주실까도 걱정도 되고요."

"아버지가 왜 네 이야기를 잘 들어줘야 한다고 생각하니?"

"예?"

"나는 지금 준범이의 말이 아버지께서 네 말에 무조건 동의해 주고 박수를 보내야 한다는 말로 들리네. 준범아. 우선 말이야, 네가 아버지에게 너의 의견을 말하는 첫걸음이라고 생각해 보면 어떨까? 아버지가 네 생각과 다른 말씀을 하셔도 용기를 내서 대화를 나눠보는 것은 어떨까?"

"자신 없어요. 제가 용기도 없지만 아빠가 제 이야기를 안 들어주실 거예요."

"그렇구나. 그래. 힘들 수도 있겠다. 자, 그럼 흑기사가 등장해 볼까?"

"선생님이 아버지랑 이야기하시려고요?"

"선생님이 중간 역할을 하고 싶은데, 괜찮겠니?"


준범이 아버지와 만났다. 준범이 아버지가 쓴 시집을 선물 받았다. 시인이 되고 싶었으나 의사의 길을 가게 되었다는 이야기와 그래도 나중에 등단하여 시인의 꿈을 이루었다는 이야기를 들었다. 나도 제자들과 지낸 이야기를 담은 나의 책 한 권을 선물했다. 우리는 나이가 같았다. 책, 동갑, 그리고 아버지라는 공통점 덕분에 긴 시간 이야기를 나눌 수 있었다. 준범이 아버지는 아들이 심리학에 관심이 있다는 말을 들어 본 적이 없다고 하였다. 그리고 숨을 깊게 내쉬며 이야기했다.

"우리 아들과 대화를 많이 했다고 생각했는데 저만의 판단이었군요. 소통하지 못하는 게 문제였네요."

준범이 아버지에게 DISC(성격행동유형) 검사에 대해 이야기했다. 준범이가 주도형이고 준범이 어머니가 안정형이어서 서로 어울리기 쉽지 않다고 설명했다. 변화를 원하지 않는 안정형인 어머니는 준범이가 같은 학원을 계속 다니길 원했고, 자신의 삶을 스스로 결정하기를 원하는 준범이는 자기 뜻을 굽히기는 싫고, 그렇다고 어머니의 말을 거역하기에는 성품이 착한 친구여서 아무 학원도 다니지 않는 중간 지점을 선택한 것 같다고 말씀드렸다. 그러니까 어떤 면에서 보면 준범이는 반항한 것이 아니라 어머니의 마음을 헤아린 것으로 볼 수 있다. 아버지 역시 주도형이어서 준범이와 충돌을 일으킬 가능성이 높은 성격유형이라고 말했다.

"죄송한 말씀이지만 준범이 할아버님이 일찍 돌아가셔서 아들과 아버지의 싸움에 서투른 것은 아닌가 하는 생각도 해봅니다. 그래도 여기까지 준범이 잘 키워오셨다는 생각도 들고요. 아버님. 큰 D와 작은 D가 충돌하면 누가 양보해야 할까요? 아시겠지만 더 많이 사랑하는 큰 D가 양보해야 하지 않을까요? 그리고 큰 D는 어느 순간부터 작은 D를 끌고 가기보다는 뒤에서 돌봐줄 방법을 고민해야 하지 않을까요?"

준범이 아버지는 침묵에 잠기셨다. 그동안 나는 창밖에 막

피는 목련꽃을 멍하니 바라보며 울컥하는 감정을 다독거렸다. 나도 준범이 아버지처럼 가난한 집안의 장남이었으니까, 나도 준범이 아버지처럼 자식들이 세상에 나갈 때 바라보기만 하였던, 가슴이 시린 시간을 경험한 애비였으니까…. 준범이 아버지에게 준범이와 많은 대화를 나누시길 부탁드렸다. 가능하면 준범이가 말하고 난 뒤에 말씀하시고, 아버지의 고민도 준범이와 이야기하셨으면 좋겠다고 하였다. 함께 여행도 다니고, 스포츠 경기도 관람하시고 영화도 보시고 콘서트도 다니길 권하였다. 준범이 할아버지와 나누지 못한 시간을 준범이와 나누시며, 아버지와 아들이 만나는 것이 아니라 아들과 아들로 만나면서 친구 같은 부자지간이 되시길 바란다고 이야기했다.

준범이는 명문대학 심리학과로 진학하였다. 나는 준범이에게 짧게 편지를 써서 졸업식 날 건넸다.

의학이나 심리학보다 사람이 크다. 너는 사람이다. 그러므로 의학이나 심리학보다 네가 크다. 네가 만나는 사람들은 모두 그런 존재다. 사람을 그런 존재로 바라보는 것을 우리는 사랑이라 부른다. 이런 선생님의 마음을 잘 간직하면서 마음공부를 시작하길 바란다.

# 플랜B

난 네가 최고라서 좋아하는 것이 아니란다. 아니야. 그건 아니야.
공부하다 기절한 너를 병원에 업고 뛰어갔던 내가 우리나라에서
가장 좋다고 하는 그 대학, 그 학과에 합격한 것을 왜 안 기뻐하겠
니? 내가 너를 좋아하는 이유는 말이야. 너는 나에게 '유일한 존
재'이기 때문이란다. 그동안 네가 인생에서 스쳐 지나가는 것들에
게 치여서 아파하는 몸짓을 볼 때마다 나는 마음이 아렸단다. 꿈
을 이루지 못해서가 아니라 그 아픔 때문에 또 다른 너의 꿈들을
보지 못하는 것이 안타까웠단다.

'원래의 계획인 플랜A가 실패하거나 예상치 못한 상황을 만났을
때 실행하는 대체 계획'을 뜻하는 '플랜B'라는 말 들어보았니? 너
는 혹시 플랜B가 플랜A보다 못하다고 생각하고 있니? 그래서 플
랜A를 내려놓지 못하고 시간을 허비하고 있지는 않니? A나 B 모
두 네가 선택한 소중한 계획들인데…. 플랜A를 선택하든 플랜B를
선택하든 그곳에는 네가 있는데…. 거기서부터 시작해서 또 다른
세상과 만날 수 있는데….

어느 세상이든 사랑받을 자격이 충분한, 유일한 네가 존재한다는

자신감을 가졌으면 좋겠어. 그럴 때 우리는 플랜A를 위해 투자했던 것들을 플랜B에 적용하는 유연한 몸짓도 할 수 있단다. 그러다 보면 플랜C, 플랜D, 플랜E와도 자유롭게 만나는 삶을 살 수도 있고 말이야.

4년제 대학을 졸업한 9등급 손자

"거 뭐냐 콤퓨타학과 그게 좋다고 하드만유. 핵교는 우리 집 근처에 고려대핵교가 있는디 그 대학 가는 걸로 해주셔유."

채빈이 할머니께서 진학 상담을 하기 위해 자리에 앉자마자 당당하게 큰 소리로, 속사포처럼 빠르게 말씀하셨다. 살짝 당황해서 아무 말 못 하는 나를 보시더니 연이어 말씀하셨다.

"알아유. 선상님께서는 우리 채빈이, 거 뭐냐 서울대핵교 보내고 싶은데 이 늙은이가 너무 욕심을 부리지 않는 데 실망하고 계신 거 다 알아유. 그런디유. 서울대는 너무 멀어유. 차비도 아깝고, 또 관악산에 있다면서유. 우리 손주가 다리가 시원치 않아유. 어린 게 벌써 관절염 앓고 있시유. 그래서 산을 올라갔다 내려 왔다 하기가 힘들 거예유. 또 거 뭐냐. 지가 고려대핵교 앞 닭발집에서 일을 하는디, 아니, 나가 주인은 아니고 그냥 음식도 맹글고 손님들에게 가져다 주기도 하는 종업원이유. 거기서 일하면서 고대가 우리나라에서 질로 좋다는 말을 많이 들었시유. 그러니까 욕심 줄이고 그냥 고대로 보낼려구 해요. 됐지유?"

나는 최대한 예의를 갖춰서 말했다.

"할머니. 말씀은 무슨 뜻인지 잘 알겠습니다. 그런데 채빈이 성적으로 고려대학교에 가기는 어렵습니다. 조금 부족합니다."

"뭔 말씀이래유? 전국 9등이 못 가믄 누가 거기에 간대유?"

"전국 9등이요?"

채빈이 할머니는 모의고사 성적표를 꺼내서 내 앞에 내밀었다. 9등급. 채빈이의 성적은 전 과목 모두 9등급이었다. 아마 채빈이가 할머니께 전국 9등이라고 말했던 것같다. 할머니는 믿었을 것이다. 중학교 때 채빈이는 전교에서 손에 꼽을 정도로 성적이 우수한 손자였다. 복잡한 모의고사 성적표를 잘 볼 줄 모르는 할머니는 애지중지 키운 손자의 말을 믿었을 것이다. 먼저 보낸 아들과 며느리를 대신해서 고생하며 키우고 있는 손자의 말을 믿고 싶었을 것이다. 한숨을 쉬며 성적표를 바라보는 내 표정의 의미를 할머니께서 알아채셨나 보다.

"알겠시유. 선상님이 좋은 분이시고, 우리 채빈이를 아껴주는 분인 것을 지도 잘 알고 있으니께 선상님 말씀이 맞겠지유."

"오늘 댁에 가서서 채빈이하고 말씀 나누시고 저랑 한 번 더 이야기 나누시죠. 전화로도 괜찮습니다. 저도 채빈이하고 다시 이야기해 보겠습니다."

"아니유. 왔으면 결정을 짓고 가야쥬. 고대가 어려우면, 거 뭐냐. 연세대핵교나 보내주세요."

"연세대학교요? 그 학교도 고대랑 상황이 비슷합니다."

"고대 학생들은 연세대핵교가 자기들 발바닥도 못 따라온다고 하든디유. 대학생들이 거짓말을 씨부리겠시유? 그건 아닌 거 같아유. 어쨌든 오늘 채빈이랑 말은 섞어보겠시유. 선상님하고 상담하는 거는 오늘로 시마이하는 게 좋것씨유. 고생 많으셨시유."

다음 날. 채빈이와 마주 앉았다. 공부만 빼고 학교에서 생활은 다 잘하는 아이. 친구들을 잘 도와주고 리더십도 꽤 있고, 처진 반 분위기를 즐겁게 만들어 주고, 친구들끼리 싸움이 날 것 같은 상황이 되면 화해도 잘 시켜주는 친구. 사실, 성적 아닌 다른 것으로 대학 진학을 한다면 어느 대학이라도 합격할 수 있는 그런 아이 함채빈.

"너 대학 입학이 문제가 아닌 건 알고 있지?"

"예?"

"네 성적으로는 졸업 못해. 유급 대상자라고!"

"꼴찌 오브 꼴찌군요. 헤헤."

"알긴 아네. 전교 꼴찌인데 웃음이 나오냐? 내가 졸업 사정회 때 너를 졸업시켜야 하는 이유를 여러 선생님 앞에서 말씀 드려야 하는데 넌 웃고 있어? 너무하는 거 아냐?"

"헤헤. 죄송해요. 선생님. 저 졸업하자마자 군대 지원해서 간다고 말씀하시면 안 될까요?"

"와. 이런 총천연색 라이어 같은 놈. 야! 너 면제받는 조건은 다 갖추고 있잖아. 그런 거짓말을 나보고 하라고?"

"그거 선생님밖에 모르시잖아요. 제가 다리가 안 좋고, 할머니와 단둘이 사는 거⋯."

"이런, 또 우울 모드로 표정 전환하셨네. 알았어. 내가 한 번 시도는 해본다. 됐지? 고개 들어 인마."

졸업 사정회에 관한 이야기를 마치고 진학에 관한 상담을 시작했다. 할머니에게 거짓말한 것은 잘못했지만 그렇게 하지 않으면 할머니의 '네버 엔딩 잔소리'를 듣게 되어서 어쩔 수 없었다는 채빈이. 그리고 재수라도 해서 4년제 명문대학에 반드시 갈 것이라고 말하는 채빈이. 할머니께서 힘들게 일하면서 번 돈으로 요즘 스터디 카페에서 열심히 공부하고 있으니, 선생님은 너무 걱정하시지 말라고 너스레를 떠는 아이. 할머니에게는 자신이 잘 말씀드리겠다고 말하는 아이. 오늘도 '스카'에 가서 '열공'해야 하니 이만 가도 괜찮겠냐고 생글생글 웃으며 말하는 아이.


일주일이 지난 후. 고등학교 동창들과 노래방에 갔다. 즐겁게 노래를 부르다 화장실에 가려고 나오는데 노래방 사장님과 말다툼하는 채빈이를 보았다.

"계산이 안 맞잖아요."

"다음 주에 줄게. 손님이 없어서 지금 가게 사정이 좀 그래."

"벌써 두 번째로 이러시는 거잖아요. 저도 이제 애들 모아 올수 없어요. 오늘 정산해 주세요!"

"이 자식이 어디서 소리를 지르고!"

채빈이 주변으로 아이들이 모여들고 있어서 자칫 싸움이라도 날 것 같은 분위기였다.

"함채빈!"

채빈이가 놀란 표정을 지었다. 도망가려는 채빈이의 목덜미를 잡고 노래방 밖으로 나왔다. 따라오려는 아이들에게 채빈이는 괜찮다고 손짓하면서 모두 그만 가라고 말했다.

"여기가 스카냐?"

"노래방 이름이 스카이니까 비슷하잖아요. 헤헤"

앞에 있는 노래방 이름은 스터디 노래방이었다.

"스자 돌림이네."

불꺼진 노래방을 보면서 내가 말했다.

"저기는 여기 노래방 사장님 부인이 하는 노래방인데 망했어요."

"별걸 다 알고 있네. 왜 공부하지 않고 거기 있었는지 상황설명해 봐."

"스카이 노래방도 요즘 손님이 거의 없어요. 그래서 제가 아이들 모집해서 손님인 척 노래를 불러요. 손님이 많은 것처럼 보이게 하려고요. 그러면 아저씨가 일당을 줘요."

"삐끼네. 할머니가 스터디 카페에서 공부하라고 주신 돈은 뻥땅 치고 그러겠네."

"아니에요. 선생님. 알바해서 번 돈이랑 할머니가 주신 돈이랑 다 모으고 있어요."

채빈이가 휴대폰으로 자신의 통장에 있는 돈을 보여주었다. 꽤 많은 돈이 모여 있었다.

"할머니 몸이 많이 안 좋으세요. 언젠가 저 혼자 살아야 하잖아요."

채빈이와 나는 한참을 말없이 앉아 있었다. 고등학교 동창들도 먼저 간다고 인사를 했다. 어떤 친구는 채빈이가 내 제자인 동시에 자신들의 고등학교 후배인 것을 알고 용돈까지 쥐어주었다. 농담 삼아 나에 대한 흉도 이야기했다. 너무 학생 괴롭히는 꼰대 노릇하지 말라고 하며 친구들은 떠났다. 나는 할 말을 찾지 못하고 있었다. 대학 진학에 대해 채빈이에게 무엇인가 말해주고 싶었는데, 다 부질없는 것이라는 생각이 들었기 때문이었다. 그러다가 채빈이 가방 사이로 삐죽 나온 전단지를 보았다.

"그건 뭐냐?"

채빈이가 가방을 열어서 보여주었다. 술집 전단지가 가득히 그곳에 있었다. 전단지를 돌리러 가야 한다며 채빈이가 일어섰다. 나는 아무런 대답을 하지 않았다. 대학 입학보다 먼 앞날을 바라보면서 살기 위해 노력하고 있는 슬픈 청춘, 채빈이의 쓸쓸한 뒷모습을 물끄러미 바라보았다. 채빈이가 보이지 않게 되자 불 꺼진 '스터디 노래방'을 보면서 '나는 저 아이에게 무엇인가?'라고 생각하며 고개를 떨궜다.


이듬해. 입시 일정을 모두 마치고도 한참이 지난 3월 말에 전화가 왔다.

"선상님. 고마워유. 광운대가 콤퓨타로 유명한 대학이라면서유. 그것도 장학생으로 입학시켜 주셔서 고마워유. 등록금을 절반만 내도 되는 이런 횡재가 어디 있시유."

채빈이 할머니께서 무슨 말씀을 하고 계신 지 알 수가 없었다. 의문은 그해 스승의 날에 찾아온 채빈이의 친구들 덕분에 풀렸다. 채빈이는 광운대학교 부설 기관인 '전자계산 교육원'에 입학한 것이다. 그곳은 면접으로만 뽑는 평생교육기관이기에 채빈이는 합격할 수 있었다. 등록금을 대학교보다 덜 내

도 되는 곳이었다. 채빈이는 할머니에게 광운대에 합격했다고
거짓말을 한 것이다.

　10여 년이 흘렀다. 채빈이에게서 연락이 왔다. PC방 사장이
되었다고 하면서 식사대접을 하고 싶다고 했다.
　"선생님. 저 진짜 광운대학교 졸업했어요. 할머니께서 돌아
가시면서 저에게 말씀하셨어요. 대학교에 꼭 입학하라고 하셨어
요. 그래야 내가 네 엄마와 아버지 볼 낯이 있지 않겠니? 라고 말
씀하셨어요. 할머니는 제가 대학에 가지 않은 것을 다 알고 계셨
던 것 같아요. 그러면서도 제 자존심이 상할까 봐 그냥 속은 것처
럼 말하신 것 같아요. 선생님이랑 진학 상담하고 오신 날, 너무
힘들어하셨거든요. 그리고 저에게 선생님과 잘 지내라고 하셨어
요. 할머니가 이 세상 떠나고 나면 부모님 같은 어른 한 명이 제
옆에 있으면 좋겠다고 하셨어요. 할머니께서 돌아가시고 나서 학
원에 다니고 대학에 합격했어요. 스카이 노래방 사장님이 PC방
을 운영하시는 것을 도와드리다가 제가 인수하게 되었고요. 여기
장사가 꽤 잘되는 곳이에요."
　"그렇구나. 할머니께서 하늘로 올라가서도 손자를 잘 돌봐주
고 계시나 보다. 그러니까 네가 대학도 졸업하고 사장님도 되었

고, 그렇지 않냐?"

"아니요. 선생님. 아니에요. 할머니는 지금도 제 옆에 계신 것 같아요. 일을 하다 보면 생각하지도 못한 행운이 일어나는 경험을 자주 했어요. 그런 날 전날에는 꼭 할머니 꿈을 꿨어요. 할머니는 늘 제 옆에 계세요."

채빈이의 책상에는 채빈이가 연필로 그린 할머니의 초상화가 있었다. 생각해 보니 이 아이는 고1 때 교내 미술대회에서 대상을 탄 적이 있는 그런 친구였다. 미대 진학에 대해 상담을 하면서 생각보다 돈이 많이 든다는 이야기를 듣고 한참을 가만히 있다가 연필을 부러뜨리며 미대 진학을 포기하겠다고 말한 아이였다. 상담실 문을 나서면서 할머니에게는 자신이 미대를 가고 싶어 한다는 말을 하지 말라고 당부하던 그런 아이였다. 활짝 웃는 그림 속 할머니의 얼굴. 저 미소를 짓기까지 할머니께서 건너간 슬픔의 강은 얼마나 깊었을까? 하는 생각이 들었다. 다 알면서도 모른 척하며 당당하게 이야기했던 그 말씀 속에는 얼마나 많은 눈물을 감추고 계셨을까? 그 자그마한 몸집에 거대한 우주를 품고 계셨던 할머니를 다시 뵙고 싶었다. 다시 뵐 수 있다면 꼭 안아드리고 싶었다.

# 그 사람

어느 겨울날. 일곱 살 나는, 고향 제주에서 할머니와 바다로 갔어.
할머니는 아무 말씀도 하지 않고 바위 위에 앉아 거세게 부서지
는 파도를 바라보았어.

"할머니. 바다는 왜 파래요?"

"파도가 바위에 부딪히다가 멍들어서 그래. 이 할망처럼 가슴이
아파서 그래."

그러다가 갑자기 말을 멈추시고는 "미안하구나. 괜한 이야기 했
다. 우리 손주 가슴은 파랗게 되지 않을 거야" 라고 하셨단다. 그
날 할머니의 표정은 늘 나를 보면 '우리 손주 밥 먹었니?'라고 말
씀하시면서 웃던 모습이 아니셨어. 집에 돌아와서 할머니는 우리
엄마의 손을 잡고는 '힘들지? 미안하다'라고 말씀하셨어. 엄마는
큰 소리로 할머니에게 안겨 우셨어.

어느 겨울밤. 서른 살 나는 의정부 거리를 울면서 걸었어. 너무 힘
든 일이 있었거든. 그때 어떤 소리가 들려왔어.

"힘들지? 할망이 미안하다."

돌아가신 할머니의 음성이었어. 둘러보니 아무도 없었어. 환청이

었지. 난 어린 시절처럼 눈물을 닦고 씩씩하게 말했어.

"아니에요. 괜찮아요."

대답하고 나니 또 소리가 들리더라.

"우리 손주 밥 먹었니?"

나는 곧장 식당으로 달려가 순댓국 한 그릇 뚝딱 해치우고, 그 기운으로 힘든 시간을 견뎠어. 친구야. 돌아가신 분들이 산 사람을 살릴 때가 있단다. 너의 과거에도 나처럼 따뜻했던 사람들이 있을 거야. 오늘 힘든 친구야. 힘들면 그 사람 생각하면서 한 끼 식사하렴. 그게 지금 네가 할 일이야.

커피와 눈물을 알아차린 바리스타

"이름이 강훈이라고? 2학년 3반 염강훈이라… 이상하네. 내가 수업 들어가는 반인데…. 이름은 알겠는데, 왜 이렇게 얼굴이 낯설지? 혹시 전학 왔니?"

어이없다는 듯 피식 웃는 강훈이.

"저도 선생님 얼굴은 처음 보는 것 같네요. 상담실 앞을 지나가다가 울고 나오는 아이들을 몇 번 봐서 걔들이 왜 그러는지 궁금해서 그냥 들어와 봤습니다. 안녕히 계십시오."

몹시 실망했다는 어투로 빈정대며 상담실을 나가려다 다시 돌아서서 이야기하는 강훈이.

"아! 그리고 저 전학 온 거 맞아요. 3월에 왔으니까 석 달 정도 지났네요. 매일 잠만 자서 선생님께 얼굴 보여드릴 기회가 없었겠네요."

계속 말을 이어가려는 아이에게 다가가 머리를 누르면서 고개를 숙이게 했다. 갑작스러운 내 행동에 놀라면서 짜증 난 표정을 짓는 강훈이.

"아! 이제 알겠다. 이 대가리, 아니, 정수리. 이건 내가 확실하게 알겠다. 내가 다가가면 일부러 반대쪽으로 얼굴을 돌리던 것도 기억난다. 근데, 뭐야. 얼굴이 왜 이렇게 잘생겼어. 그래서 그렇게 얼굴 안 보여주려고 했구나. 꽤 비싼 얼굴인 것은 일단 인정!"

내 너스레에 마음이 열렸는지 상담하고 싶은데 언제 오면 되는지 물어보는 강훈이.

"뭐야. 이거 목소리까지 좋잖아. 아! 정말 신은 불공평하다. 왜 너에게 잘생긴 얼굴과 편안한 목소리까지 모두 주셨지. 이거 열등감 느껴서 어디 선생 하겠나?"

아무런 대꾸도 하지 않고 차갑게 바라보기만 하는 강훈이.

"알았다. 알았다고요. 그래. 네 질문에 대답할게. 자, 여기 상담 신청서 먼저 작성해라. 시간은 오늘 방과 후나 내일 점심시간 중에서 선택해라. 내가 수업 없는 시간이 내일 오전 2교시인데, 그 시간도 괜찮다. 그때 하고 싶으면 교과 담당 선생님께는 내가 미리 말씀을 드릴게."

"방과 후에 할게요."


"중학교 때 자해를 자주 했어요. 가슴이 답답하고 숨을 쉴 수가 없을 때 자해하고 나면 편안해졌어요. 지갑에 늘 칼을 넣고 다녔어요. 엄마가 많이 힘들어하셨어요. 엄마한테 미안한데… 멈추기가 어려웠어요. 담임 선생님께서 저를 위해서 애를 많이 써주셨어요. 덕분에 상담도 받았고 약도 먹었지만, 효과는 없었어요.

혼자가 아니었어요. 같이 자해하던 친구가 있었어요. 그런데 그 친구가 어느 날 저를 손절했어요. 저 때문에 같이 자해까지 해 줬는데 더 이상 저를 견딜 수가 없다고 했어요. 재수가 없다나요. 다행인지 잘 모르겠지만 그 후로 자해는 멈추게 되었어요. 고등학교에 올라와서 처음에는 다른 아이들처럼 평범하게 지냈어요. 친구들하고도 잘 지냈고요. 그런데 저와 같이 있는 게 힘들다면서 저와 지내기 싫어하는 친구들이 늘어났어요. 이해하기 어려웠어요. 그렇게 시간을 보내다가 어느 날 한 친구에게 화를 냈고, 그러다가 학폭이 열리고 저는 강제 전학을 당했고, 그래서 이 학교까지 왔어요."

나는 아무 이야기를 하지 않고 강훈이를 바라보기만 했다.

"선생님. 구체적으로 어떤 일들이 있었는지 안 물어보세요? 제 어린 시절은 어땠고, 엄마 아빠는 어떻고, 그때마다 어떤 감정이 들었는지, 제 안에 어떤 어린아이가 있는지 왜 안 물어보세요?"

자신이 해결해야 할 문제가 뭔지 손에 잡히지 않아 방황하는, 비에 젖어 오들거리는 참새의 모습을 한, 오랜 기간 상담을 하면서 벌거벗겨진 흔적들을 감당하지 못하는 한 청춘을, 나는 무심한 표정을 지으며 바라보기만 했다.

"선생님. 제가 나쁜 놈인 거죠? 그래서 벌 받는 거 맞죠? 그래서 사람들이 절 떠나는 거죠? 저는 그런 쓰레기 같은 놈이죠?"

지나간 시간과 지금 시간의 외로움을 참고 참느라 자신의 감정을 조절하는 힘마저 약해진 아이. 또 세상이 자기를 버리고 떠날까 봐 만남부터 시작하기가 두려워서 세상을 외면해야 하는 아이. 그래서 수업 시간에는 잠을 자야 했고, 이제는 타인과 얼굴을 마주할 힘조차 없어져서 나와 이야기할 때도 아래만 쳐다보는 친구. 염강훈.

나는 최대한 냉정해야 했다. 그래야 강훈이의 나 사이에 흐르는 분위기와 감정을 균형감 있게 유지할 수 있었기 때문이었다. 그건 엄청난 에너지가 필요한 일이기도 했다. 나는 아주 살며시 심호흡을 길게 두어 번 하고 난 뒤 느릿느릿하게 말했다.

"넌 지금 아픈 상태야. 나쁜 놈이 아니고 아픈 사람이야."

"아프다고요? 아픈 것은 뭐고, 나쁜 것과는 어떤 차이가 있는 것인데요?"

"억울하고, 외롭고 그래서 화가 나고, 거기서 시작된다는 점에서 나쁜 것과 아픈 것은 비슷하지. 그런데 나쁜 사람은 다른 사람이나 주변에 해를 끼치는 행동을 하게 되지. 아픈 사람은 자신을 공격하는 행동을 하지. 다른 사람에게는 걱정을 끼치는 거고."

"그게 그거 아니에요? 저 때문에 다른 사람들이 불편해하고,

그래서 저는 쓸모없는 나쁜 놈이잖아요."

"지금은 아니잖아. 지금 너는 자해도 하지 않고, 친구들에게 공격적인 말이나 행동도 하지 않잖아. 그냥 혼자 있잖아. 강훈아. 아픈 사람은 치료하면 회복할 수 있어. 치료하는 동안 시간이 필요하지만 말이야. 넌 지금 시간이 필요해."

"어떻게 치료할 수 있는데요?"


그 후로 강훈이와 꽤 여러 번 상담했으나 강훈이의 무기력증과 우울증은 별로 나아지지 않았다. 여전히 수업 시간에는 잠만 잤고, 어쩌다 복도에서 나와 마주치면 애써 웃음 지으며 힘없이 인사를 했다. 학교 상담교사는 학생들의 고민에 대한 결론을 내지 못하고 고민에 대한 분석. 그리고 고민을 풀어나가는 시작 이상은 이야기해 줄 수가 없을 때 한계를 느낀다. 고민의 의미를 알아차리기 위해서는 학생 스스로가 노력해야 하는 영역이 너무 넓다는 것. 그리고 강력한 상담사인 시간과 경험의 힘에 의지하는 수밖에 없다는 변명 아닌 변명을 한숨과 함께 말하게 될 때가 자주 있다. 그런데 그 강력한 상담사들, 그러니까 시간과 경험이 강훈이의 고민을 풀어주는 마법의 현장을 나는 보게 되었다.

어느 늦은 가을. 진로 수업 시간에 카페와 바리스타를 주제로 연구수업을 진행하게 되었다. 연구수업을 위해 하루 전 8시간 동안 내린 더치 커피와 내가 직접 구운 과자를 학생들에게 나눠주었다. 수업에 참관하신 선생님들께도 나눠드렸다. 커피를 마시는 것이 불편한 이들을 위해 유자차도 함께 준비했다.

"자. 알바생이 필요합니다. 2학년 3반에서 가장 카페 알바생스럽게 생긴 친구 세 명이 써어빙을 해주면 감사하겠습니다. 임금을 주지 않고 노동을 시키면 안 되니, 오늘 알바생들에게는 이 예쁜 머그잔을 선물로 드리겠습니다."

아이들이 저마다 손을 들었다. 그런데 강훈이가 아무 말도 하지 않고 자리에서 일어나 앞으로 나왔다. 손을 든 아이들도, 손을 들지 않은 아이들도, 수업에 참관하고 계신 선생님들도 순간 모두 얼음이 되었다. 강훈이가 일어나서 움직이는 것 자체가 반 아이들의 눈길을 끌고, 앞치마까지 준비해서 입고 나온 모습이 선생님들의 관심을 끌었다. 나중에 알게 된 것이지만 연구수업 때 알바생 역할을 할 친구가 필요하다는 말을 짝에게 듣고 미리 준비해 온 것이었다.

"제 어머니께서 작은 카페를 하고 계십니다. 저는 그곳에서 어머니 일을 자주 도와드립니다. 우리 반에서 카페 알바는 제가 가장 오래 했을 것입니다. 그러니까 최고의 알바생이라는 것이죠."

낮게 울리는 목소리와 차가운 도시 남자 같은 이미지, 무엇보다 평소에 말을 하지 않는 강훈이의 너스레에 반 친구들은 강훈이의 이름을 연호하며 박수를 보냈다. 세련되게 커피와 과자, 음료를 나누는 강훈이의 모습을 보고 나는 울컥했다. 어쩌면 이 순간이 저 아이의 아픔을 치유하는 출발점이 될 것 같다는 예감이 들었기 때문이었다.

"지금 여러분이 드시는 더치 커피는 커피의 눈물이라는 별명도 갖고 있습니다. 커피를 내릴 때 방울방울 떨어지는 모습을 보고 만든 이름이라고 합니다. 이 더치 커피는 여러분과 한 몸이 되기 위해서 어제 여덟 시간 동안 눈물을 흘렸습니다.

저는 더치 커피 이외에 다른 커피에도 커피의 눈물이라는 표현을 사용하고 싶을 때가 있습니다. 바로 핸드드립으로 커피를 내릴 때가 그렇습니다. 핸드드립으로 커피를 내릴 때 가늘게 또는 방울방울 떨어지는 커피를 보면 커피의 눈물 같다고 생각합니다. 누구나 그렇지만 선생님도 살아가면서 힘든 날들이 많았습니다. 답이 안 보이는 삶의 길에서 너무나 억울하고 외로웠던 적이 많았어요. 그러다가 어느 비 내리는 날, 커피를 내리다가 크게 울어버린 적이 있습니다. 그러고 나니 속이 후련해졌고, 그때 마신 커피의 맛은 참 깊었습니다.

그 이후에도 자주 비 내리고 바람 부는 창밖을 보면서 울고, 방울방울 떨어지는 커피를 보면서 울고 그랬습니다. 그렇게 몇 번을 하고 나니까 이젠 우울할 땐 습관적으로 커피를 내리게 되었습니다. 커피를 내리면 마음이 차분해지고. 마음이 차분해지니까 덜 울게 되었습니다. 그래서 알았습니다. 그동안 나는 아프다고 표현하지 않고 참기만 했다는 것을 말이에요. 그래서 선생님은 선생님 대신 울어주는 커피의 눈물을 보면서 평안을 찾곤 합니다. 커피 바리스타분들도 이런 이야기를 많이 한답니다."

이야기하는 동안 핸드드립 커피를 다 내렸다. 두 잔이 나왔다. 커피 두 잔을 놓고 반 아이들에게 누구에게 커피를 드리면 좋을지 물어보았다. 아이들은 모두 교장 선생님께 드리자고 했다. 내가 교장 선생님께 커피를 드리면서 남은 한 잔은 누가 마시면 좋을지 여쭤보았다. 교장 선생님께서 오늘 수고를 가장 많이 한 저 영화배우 친구에게 줬으면 좋겠다고 말하셨다. 강훈이는 교장 선생님께 구십 도로 인사하고 커피를 한참 바라보다가 조금씩 마셨다. 울고 있었다.

"자, 이제 오늘 수업을 마무리하는 이야기를 하겠습니다. 선생님은 얼마 전에 여섯 명의 친구와 함께 공동 투자를 해서 자그마한 카페를 마련했습니다. 우리들은 그곳을 각자의 일터에서 일하다 힘들면 쉬는 장소로 사용하기로 했습니다. 그리고 우리만이 아니라 많은 이웃도 쉼터로 활용할 수 있도록 운영하자고 했습니다. 음료를 마시고, 책을 읽고, 음악을 듣고, 수다를 떠는, 그런 장소가 되었습니다.

짐작하겠지만 그런 행동들이 돈이 되는 일들은 아닙니다. 어떻게 보면 쓸모없는 일일 수도 있습니다. 그래서 수입은 그다지 많지 않습니다. 그러나 카페를 운영하고 바리스타에게 월급을 줄 정도는 됩니다. 지역사회를 위한 작은 행사도 간간이 합니다. 그 카페를 통해서 금전적 이득은 얻지 못했지만, 세상을 살아갈 때 에너지는 충분히 얻습니다.

우연히 큰 규모의 프랜차이즈 커피 전문점 전체를 운영하는 분을 만나게 되어서 우리 카페 이야기를 하였습니다. 그분이 저에게 그랬습니다. 좋아하는 커피와 함께 지낸다는 점에서 우리는 모두 평등하게 행복한 사람이라고 했습니다. 여러분도 그런 직업을 가졌으면 좋겠습니다. 평등하게 행복한 직업, 내가 행복하고, 우리가 즐거우면서 에너지를 얻고, 그 기운을 그 누군가와 함께 하면서 이웃에 감사를 표현하며 사는 직업을 가졌으면 좋겠습니다. 카페를 운영한다는 것은, 행복한 바리스타가 된다는 것은, 그런 것이라고 생각합니다."

다음 해 겨울, 고3 강훈이가 상담실에 들어와 수줍은 표정으로 자신이 직접 로스팅한 커피를 나에게 주었다. 그러면서 겨울 방학부터 일 년간 어머니 대신 카페를 운영하게 되었다고 했다. 바리스타 시험도 준비하고 있다고 했다. 나는 아무 말 하지 않고 강훈이를 안아주었다. 그리고 한 해가 흘렀다. 곧 카페가 문을 닫을 예정인데, 선생님을 초대하고 싶다고 하였다. 남은 한 달 동안 고마웠던 분들에게 대접하고 싶어서 그렇다고 했다. 정년 퇴임하신 교장 선생님께서도 다녀가셨다고 했다.

"카페가 너무 작죠?"

"너 혼자 운영하기에는 딱 좋은데. 친근감도 느껴지는 것이 단골이 많겠다."

강훈이와 카페에 관한 이야기를 나눌 때 한 여성분이 가게로 들어와서 말했다.

"주세요."

강훈이는 무표정한 얼굴로 샷을 추가한 대형 커피를 내주었다.

"근데, 정말 다음 달에 문 닫아요. 아이, 서운해서 어째?"

"이 건물 헐리고 새로 짓잖아요."

"요 옆에다 하면 되잖아. 내가 가게 알아봐 줄까?"

"저 내년에 군대 간다고 말씀 드렸잖아요, 원장님. 헤어샵에 손님 올지 모르잖아요. 어서 가세요."

"또 거리감 느끼게 원장님이란다. 누나라고 부르라고 했잖아."

"알았어요. 이모님. 어서 가세요. 커피 너무 많이 마시지 마시고요."

미소를 잔뜩 머금은 미용실 원장님과 차가운 표정의 바리스타가 나누는 대화가 우스워서 나는 손으로 얼굴을 가린 채 키득거렸다.

"오늘 벌써 석 잔째 주문이에요. 지난주까지는 하루에 두 번 오더니 이번 주에는 너무 자주 와요. 아마 헤어샵에 카페를 차리려나 봐요."

강훈이의 외모 덕분인지, 깊은 커피 맛 덕분인지 모르겠지만 카페는 비교적 많은 여성 손님이 드나들었다.

"선생님께 안 드린 말씀이 있어요. 제가 어릴 때 부모님이 이혼하셨어요. 아버지에게 다른 여자가 있었나 봐요. 저는 제 얼굴을 얼마나 원망했는지 몰라요. 사진을 보면 아버지와 너무 닮았거든요. 그래서 남자 어른들이 싫기도 했어요. 그런데 진로 수업 하던 그날 교장 선생님께서 저에게 영화배우라고 하셨잖아요. 왜 그런지 모르겠지만 그 말이 꼭 아버지의 말씀처럼 따뜻하게 들렸어요. 제가 아버지를 무척 그리워하고 있다는 것을 그때 알았어요. 왜 그렇게 늘 외로워했는지, 사람들이 저를 떠나는 것에 예민했던 이유도 알게 되었고요. 뭐라고 할까요? 마음에 있던 얼음송곳이 녹아내리는 기분이었어요. 그 후에도 커피를 보면 자꾸 눈물이 났어요. 선생님이 수업 시간에 해주셨던 말씀이 기억나서 그런 것 같기도 해요. 애써 억눌러놓았던 눈물을 정말 많이도 뱉어냈어요. 저도 모르게 미안하다는 말이 나왔어요. 처음에는 누구에게 하는 말인지 몰랐어요. 그러다가 저에게 하는 말이란 것을 알았어요. 그때 알았죠. 아! 이게 선생님께서 말씀하신 아픔을 치료하는 것이구나! 교장 선생님께서 그러셨어요. 제가 아무리 표정을 차갑게 해도 사람을 많이 대하는 직업을 가진 사람들은 제가 속정이 깊다는 것을 알고 있을 거라고요. 아까 헤어샵 원장님도 비슷한 말을 했어요. 전에는 제 무표정한 얼굴을 남이 알아보는 것이 싫었는데, 이젠 괜찮아요. ”

한 달 후에 강훈이가 운영하던 카페는 문을 닫았다. 강훈이는 두 계절 동안 외국 여행을 하고, 군에 입대하고, 제대하고 다시 외국 여행을 떠났다. 커피와 관련 있는 곳, 작은 카페가 있는 곳을 주로 여행한다고 하였다. 경비가 부족하면 그곳에서 알바를 하면서 여비를 마련한다고 했다. 여행 기록을 담아 영상으로 제작하면서 어머니께 보내드리는 것도 큰 재미라고 하였다. 이젠 어떤 바리스타가 되어 어느 곳에 정착할지 생각 중이라고 하였다. 선생님처럼 다른 이들과 함께 지내는 공간을 만들고 그 안에서 행복하게 지내고 싶은 마음이 가장 크다고 하였다. 수업 시간에 잠만 잤던 한 아이가 온 세상을 자유롭게 떠돌며 많은 이들을 만나고, 이젠 터를 잡아 안정된 생활을 계획하고 있는, 기적의 순간을 나는 강훈이 덕분에 경험하였다.

# 나를 버리지 마세요

'두렵거나 불안한 상황을 벗어나거나 견디기 위해서 자신도 모르게 생각하거나 행동하는 것'을 방어기제라고 한다. '소극적 공격성'도 방어기제 중 하나란다. 늘 지각하는 아들, 잘 삐치는 딸, 밤늦게까지 거리에서 몰려다니는 청소년들, 우물쭈물하는 태도를 보이는 친구들, 말을 잘 하지 않는 아이들 등은 소극적 공격성을 방어기제로 사용한다고 할 수 있단다.

소극적 공격성을 계속 사용하면 자신은 손해를 보고 바라보는 이들은 힘이 든단다. 대부분 방어기제가 그렇듯 소극적 공격성을 보이는 사람은 대부분 의식을 하면서 그런 행동을 하는 것이 아니라 무의식적으로 반복하고 있는 것이란다. 상담사들은 소극적 공격성의 밑바탕에는 '날 버리지 마세요'라는 말이 숨어 있다고 한단다. 버림받지 않기 위해서 타인이 불편을 느끼는 행동이라도 해서 관심을 계속 이어나가려는 애달픈 몸짓이 소극적 공격성이란다. 말하기 불편하지만, 소극적 공격성은 자해나 자살까지 이어질 수도 있는 슬픈 방어기제란다. 그래서 주변에 있는 사람들은 힘들어도 계속 그를 지켜봐야 한단다.

열아홉 담장을 뛰어넘는 아이들

그렇지만 너무 깊숙하게 개입하는 것은 좋지 않단다. 소극적 공격성을 보이는 대상을 빨리 고치려고 지나치게 노력하다가는 자칫 내가 먼저 지쳐 버리게 된단다. 어렵지만 소극적 공격성을 보이는 그와 시간의 힘을 믿고, 적당한 줄다리기를 하면서 기다려 줘야 한단다.

갈림길에 서 있는 초원의 왕자

몽골에서 전학 온 고등학교 2학년 남학생. 차림이와 진학 상담을 하는 시간.

"뭘 해야 할지 잘 모르겠어요. 친구들은 저보고 결정장애가 심하다고 하네요."

고향을 떠나온 차림이가 진로를 결정하기 힘들다고 하소연한다. 이정표 하나 없는 여러 갈래의 길. 가는 도중에 무엇을 만날지도 모르고, 끝은 더더욱 보이지 않아 망설여지는 낯선 땅, 갈림길 앞에서 발을 내딛지 못하고 있는 열여덟 청춘.

"친구들이랑 이야기를 나눴구나. 결정장애가 심한 것은 신중하다는 뜻이기도 한데."

긍정적으로 해석하는 말을 듣고도 무표정하게 가만히 있는 차림이. 늘 그랬다. 차림이는 매우 신중했고 다른 이들의 말에도 크게 반응을 보이지 않는 아이였다.

"제가 아무 말도 하지 않고 있었더니 친구들이 자신감을 가지라고 했어요. 제 어깨를 두드리고 파이팅도 외쳐줬어요. 고맙긴 한데 그렇다고 자신감이 생기지는 않았어요."

"차림이가 친구들에게 인기가 많구나. 그것도 네 복이다. 그런데 말이야, 자신감이 없다는 것은 욕심이 많다는 뜻일 수도 있는데, 그런 건 아니니?"

차림이가 어색하게 웃었다.

"제 마음을 들켜버렸네요. 선생님은 친구 맞네요."

나도 웃으며 차림이와 주먹 인사를 나눴다.

"우리가 친구 하기로 한 지 벌써 일 년이 다 되어가네. 그렇지?"


한 해 전 어느 가을날. 교내 생활관에서 생활관장인 나는 '효도의 길' 프로그램 시간을 진행하고 있었다. 고1 학생들이 이런저런 내용을 담은 글들을 같은 반 부모님들 앞에서 읽는 시간이었다. 웃음과 박수가 넘쳐나고 눈물과 포옹도 풍성해지는 저녁 프로그램이었다.

차림이 순서가 되었다. 자신은 몽골에서 전학을 왔고, 부모님은 지금 몽골에 계시니 발표를 하지 않겠다고 나에게 차분한 목소리로 말했다. 차림이를 겨우겨우 설득하여 친구들 앞에 서게 했다. 행여 한 친구라도 외로움을 느끼는 시간이 되어서는 안 된다고 생각했기 때문이다. 주섬주섬 사연을 적은 종이를 꺼냈으나, 차림이는 여전히 입을 떼지 못했다. 한숨을 깊게 쉬더니 물끄러미 나를 바라보았다. 눈빛이 참 애처로웠다.

"헤이! 친구야. 한국말이 아직은 어려운가 보다. 내가 비밀 하나 알려줄게. 여기 있는 너의 반 친구들은 언어의 마술사들이란다. 네가 어느 나라 말로 이야기를 해도 다 알아들을 수 있단다. 그래서 말인데 몽골 말로 부모님께 드리고 싶은 이야기를 해봐라. 부탁한다. 자, 여러분 박수!"

억지였다. 그 친구를 편하게 해주고 싶은 마음에 억지를 부렸다. 어이없는 표정으로 나를 바라보던 차림이는 친구들의 박수가 끊임없이 이어지자 마지못해 몽골어로 한마디 했다. 듣고 있던 아이들과 부모님들께서 박수를 치고 환호성을 질렀다.

"애썼다. 선생님이 무리한 부탁을 했는데 들어줘서 고맙다. 자, 그럼 나는 몽골어를 잘 모르니 언어의 마술사 1학년 3반 친구들에게 통역 좀 부탁할까? 지금 이 친구가 뭐라고 부모님께 말씀드렸니?"

"엄마 보고 싶어요."

"아버지 제 말은 잘 크고 있지요?"

"여기 급식 진짜 맛있어요."

"용돈 더 보내주세요."

"한국말 생각보다 쉬워요."

"우리 반 아이들 실력이 좋아서 아직은 따라잡기 어렵지만 공부 열심히 하고 있어요."

"엄마 아빠, 아프지 마세요."

"아버지 죄송해요. 그리고 고맙습니다."

아이들은 저마다 다른 내용으로 이야기를 이어갔다. 약간 장난스러운 분위기로 변해가고 있을 때 차림이의 흐느끼는 소리가 마이크를 타고 퍼져나갔다. 분위기가 가라앉았다. 친구 한 명이 휴지를 들고나오고, 할머니 한 분이 나오셔서 차림이를 안아주셨다. 차림이가 젖은 목소리로 속삭이듯 말했다.

"이제 여러분과 친구가 된 것 같습니다. 감사합니다."


며칠 후 차림이와 짜장면을 먹으며 물어보았다.

"그날 친구들이 정말 네 말 알아들었니?"

차림이는 웃으며 고개를 가로저었다.

"그런데 친구들이 한 말은 모두 제 가슴 속에 있던 말이었어요. 저는 그냥 아무 말이나 막 했는데… 제 마음을 알아주는 아이들을 보면서 저에게도 친구가 생겼다고 생각하게 되었어요. 친구는 마음을 읽어주는 사람이잖아요."

"그랬구나. 선생님이 차림이에게 배웠다. 친구는 마음을 읽어주는 사이구나. 그럼 차림아. 선생님이 지금 어떤 마음인지 한 번 선생님 마음을 읽어볼래?"

차림이가 잠시 생각하더니 씩 웃으며 수줍게 말했다.

"선생님이랑 학생이 친구 해도 괜찮아요? 그래도 돼요?"

나도 씩 웃으며 말했다.

"와! 선생님 마음을 읽었네. 우리 벌써 친구가 되었네. 그럼 그럼. 이젠 우리 친구다. 그렇지?"

차림이는 속 깊은 친구였다. 그리고 여러 가지 이유에서 출세해야 한다는 책임감도 강했다. 지금까지는 속 깊은 마음으로 책임감을 자신이 관리할 수 있었으나 스무 살 이후의 삶은 너무나 풀기 어려운 수학 문제 같았고, 낯선 땅에서 이방인의 처지는 차림이를 더 혼란스럽게 만들었다. 나는 차림이의 문제를 함께 잘 풀어봐야겠다고 생각했다. 진로진학 상담교사의 자리에 있는 사람이지만 그보다 앞서 차림이의 친구이기 때문이었다. 친구는 짐을 나눠 드는 사이이기 때문이었다.

"우선 진로와 관련해서 네가 갖고 있는 장점들을 여기에다 적어봐라. 한 열 개 정도 적어 보면 좋겠다."

펜을 들고 한참을 망설이다 펜을 놓아버리고 한숨을 쉬는 차림이. 멍한 눈빛으로 나를 바라보았다. 그것은 생활관에서 나를 바라보았던 그 눈빛과도 같았다. 이번에는 하기 싫다는 것이 아니라 이 상황을 해결할 수 있도록 도와달라는 신호로 보였다. 어

쩌면 생활관에서도 그런 의미의 눈빛이었을지도 모른다는 생각
이 들었다.

"그럼 이렇게 하자. 진학과 관계있는 현실적인 내용들을 한
번 적어봐라. 가능하면 많이 적어봐라."


4등급, 화학공학과와 컴퓨터공학과, 한국어, 일할 나라, 부모님과 가
족들, 생활기록부 내용, 등록금, 체력, 건강, 친구들, 욕심, 마음, 고향, 그
리움, 외로움


종이 위로 눈물방울이 툭! 떨어졌다. 차림이는 조용히 한참
을 그렇게 울었다. 자그마한 몸에서 흘러나오는 외로움의 크기는
상담실이 담아낼 수 없을 정도로 컸다. 답답함을 느낀 나는 창문
을 열고 여러 번 숨을 크게 내쉬었다. 나뭇잎들이 지고 있었다.

아! 떨어지는 것들, 흐르는 것들은 왜 저토록 다 슬플까? 안
다. 슬픔이 기억나지 않을 정도로 매섭고 추운 겨울을 보내고 나
면 또 새로운 삶이 시작된다는 것을, 떨어지고, 얼어붙는 시간을
견디고 살아내면 따스하고 화창한 햇살과 만나 새로운 생명을 피
워내는 시간과 만난다는 것을 늙은 나는 안다. 늙어서야 알게 되
었다. 그러나 그것을 저 어린 친구에게 이야기하는 것은 소위 말

하는 '꼰대'의 이야기나 어설픈 '라떼 버전' 이야기일 뿐이라고 생각했다. 지금은, 오늘은, 그냥 울게 둘 수밖에 없다는 생각이 들었다. 선생이라는 자리는, 상담사라는 위치는 가끔은 참 무능하고 허약한 자리다.

"선생님. 저 그만 갈까요?"

차림이가 나에게 휴지를 건네며 말했다. 나는 울고 있었다. 우리는 다음 날 다시 만나기로 했다.


"오늘은 차분하고 객관적으로 선생님 생각을 말할게. 늘 그랬지만 오늘은 더 집중해서 내 말을 듣고, 잘 받아들이길 바란다."

차림이는 메모지를 가지고 왔고, 나는 어제 차림이가 작성한 내용을 바탕으로 건네줄 도움의 말을 적어 온 종이를 펼쳐 놓았다. 두 남자 모두 행여 감정에 치우쳐 현실적으로 필요한 이야기를 놓치지 않으려고 보조장치를 준비한 것이었다. 친구는 닮아가는 존재들일까?

"우선 4등급 성적은 선생님이 준 학습 방법 자료를 바탕으로 더 열심히 노력을 해보아라. 그리고 일 년 후에 결과가 나오면 그때 현명하게 대학을 선택하도록 하자. 대학을 선택하는 방법은 여러 가지가 있으니 너무 걱정하지 말아라. 그다음 화공과와 컴

공과 중 하나는 현실적으로 준비해야 할 내용들이 있으니 결정해야 할 듯하다. 이 부분은 이렇게 하자. 두 학과를 써 놓고 각각의 학과로 진학할 때 네가 겪게 될 어려움들을 적어봐라. 그중에서 덜 어려운 쪽을 택하는 게 좋다. 그런데 말이야. 더 어려운 것이 분명한데 자꾸 그쪽으로 눈이 가고 포기하기 어려우면 말이야. 조금 더 시간을 두고 생각해 봐도 자꾸 마음이 가면 말이야. 그 학과가 어려워도 네가 갈 길이라 생각하고 선택하렴. 어쩌면 고등학교를 졸업하고 난 후에도 시간을 투자할 각오를 하고 말이야. 그렇게 생각하며 학과를 결정하고 난 뒤 선생님이랑 어떻게 준비해야 할지 방법들을 다시 의논해 보자.

자, 그럼 오늘 내가 내 친구 차림이에게 하고 싶은 가장 중요한 말을 하겠다. 차림아. 너는 네가 강력한 무기를 갖고 있다는 것을 아니?"

차림이는 무슨 뜻인지 잘 모르겠다는 표정을 지었다.

"너는 몽골어와 한국어, 모두 다 할 줄 알잖아. 네가 어떤 분야로 가든 몽골과 한국이 협력이 필요한 곳에서 일을 하면 넌 잘할 수 있을 거야. 두 나라 사이에 중요한 다리 역할을 할 수 있는 능력이 네 강점이야. 몽골과 한국을 오가면서 활동하는 일을 하면 너는 몽골에 있는 가족들도 볼 수 있고, 한국에 있는 친구들과도 자주 만날 수 있을 거야. 선생님도 자주 만날 수 있고 말이야.
몽골과 한국을 오가면서 일을 하지 않더라도 몽골에 있는 한국인
들, 한국에 있는 몽골인들과 교류하는 직업을 선택할 수도 있고
말이야. 그런 직업과 직장을 선택해서 살아가면 아마 지금보다
훨씬 덜 외롭게 살 수 있을 거야. 아니, 외로워도 잘 이겨낼 수 있
을 거라고 선생님은 생각한단다."

차림이의 눈이 반짝거리기 시작했다. 내가 직접 본 일은 없
었지만 몽골 초원 밤하늘의 별빛이 꼭 저럴 것이라는 생각이 들
었다.

"아! 그러네요. 제가 거기까지는 생각 못 했어요."

두 사람 사이에 침묵이 흘렀다. 행복한 침묵이었다.

"선생님은 제가 고등학교 졸업하고 자주 찾아와도 괜찮으
세요?"

"이런! 서운하게 이야기하네. 그럼 졸업하면 안녕! 하려고
했니?"

"죄송해서요. 바쁘실 텐데."

"어이구. 바쁜 날은 못 만난다고 내가 이야기할 테니 걱정하
지 마세요."

차림이가 웃었다. 소리내어 웃었다. 차림이가 좋아하는 바나

나 우유를 건네면서 내가 말했다.

"차림아. 한국에서 친구는 말야. 오랜 시간을 함께 보낸 사람이란 뜻이란다. 그러니까 선생님과 차림이는 아주 오래오래 함께 할 거야."


나는 행복한 상상을 한다. 초원의 왕자가 몽골과 한국, 어쩌면 지구촌 곳곳을 누비면서 자신의 꿈을 한껏 펼치면서 더 이상 외로움은 불편한 감정이 아니고 나를 성장시켜 주는 고마운 감정이라고 이야기할 때를 그려 본다. 내 제자 차림이는 그런 멋진 친구라고 세상 사람들에게 한껏 자랑할 그 순간을 나는 상상해 본다.

# 망설임

젊은 너는, '비겁하다'는 말을 듣기 싫어할 거야. 비겁하다는 말을 듣지 않으려면 중간 지대에 있어서는 곤란하지. 내 입장을 분명하게 내세우면서 적과 나를 정확하게 파악할 수 있어야 하고, 참과 거짓을 구분할 수 있는 기준이 분명해야 비겁하지 않을 수 있어.

그런데 삶이란 그렇게 명확하지 않을 때가 많아. 타인에게 비겁하게 살지 말자면서, 망설이지 말자면서 정의를 외치다 보면 자칫 차별주의자가 되어버릴 수도 있어. 심지어 스스로에게 그렇게 외치다가 자존감이 쓰레기통에 처박힐 수도 있고......

'협상가negotitiator'가 중요한 사회가 되어가고 있어. 협상가란 어떻게 보면 중간 지대에 있는 사람들이지. 협상가들이 중요해지는 것은 우리 사회가 점점 건강해지고 있다는 증거이기도 해. 협상가가 갖춰야 할 중요한 요소는 '신중함'인데, 이것은 '망설임'과 공통된 부분이 많아. 따라서 네가 지금 망설이고 있는 것은 너의 앞날에 관해 신중하게 고민하는, 꽤 괜찮은 일이라고 나는 생각해.

망설일 때 걸림돌이라고 생각하는 너의 약점들은 어쩌면 너를 가장 빛나게 해줄 수 있는 요소일지도 몰라.

아! 물론 극복하라는 뜻은 아니야. 그 약점과 대화를 하면서 함께

가라는 이야기야. 너 자신과 협상을 잘 해보라는 이야기야.

중독에서 벗어난 수학 천재

"안되나요? 조금 더 빨리 준비하고 싶어서요."

"미리미리 연습하려는 그 마음은 참 예쁜데 말이다. 학교에 는 일정이란 게 있어. 너 혼자만 예외로 하면 다른 친구들이 불만을 가질 수도 있고 말이야. 그러니까 다음 달 초에 학급에 공지할 때 신청해라. 제일 먼저 할 수 있게 해줄게. 너무 걱정하지 말고."

내 말을 듣고, 실망한 것인지 화가 난 것인지 알 수 없는 표정을 짓고 서 있는 현기. 중학교 2학년까지는 수학에 재능이 뛰어나서 '멘사'라는 별명으로 불렸으나 고등학교에 와서는 수업 시간에 잠을 많이 자서 '맨자(맨날 자는)'라고 놀림을 받게 된 현기가 대입 면접 연습을 빨리하고 싶어서 내 앞에 서 있다. 내신 성적은 8등급. 그리 뛰어난 특기사항도 없는 아이. 멘사라는 별명이 진짜냐고 물어봐도 멍한 표정으로 힘없이 미소만 지었던 아이. 꾸뻑 인사를 하고 돌아서는 현기의 모습에서 아주 깊은 외로움을 느낄 수 있었다. 나는 그런 느낌과 만나면 묘한 호기심이 생기고 승부욕이 일어나곤 한다.

"민현기. 네 손에 있는 종이는 뭐냐?"

아무 말 하지 않고 현기가 내민 종이에는 자신이 지원하려는 여섯 개 대학의 면접 예상 문제와 답변이 꼼꼼하게 작성되어 있었다. 자신이 해야 할 면접 연습 일정도 정성스럽게 적혀 있었다.

"민현기. 싸나이네. 너 면접에 올인했구나. 한 판 세게 덤빌 준비가 되어있네."

현기는 초점을 잃은 듯한 눈으로 나를 가만히 바라보았다.

"좋아. 이렇게 하자. 내일 면접 연습하자. 내일 오면 다음 달까지 어떻게 연습하면 될지 이야기해 줄게. 그 이야기를 참고해서 다음 달까지 우선 너 혼자 연습해라. 가능하면 다른 친구들에게는 아무 말 하지 말고!"

"저 아이들이랑 이야기 잘 안 해요."

현기는 여전히 멍한 표정으로 뒤돌아섰다. 그런데 현기의 행동이 조금 이상했다. 손은 떨고 있었고 걸음걸이도 약간 비틀거렸다.

다음 날 면접 연습을 시작했다. 현기에게 준비해 온 자료에서 자신 있게 대답할 수 있는 질문을 선택하게 한 뒤 내가 물어보았다.

"우리 학과에 지원한 동기가 무엇인가요?"

평범한 질문이었다. 그런데 현기가 말을 잘 꺼내지 못했다. 턱을 떨고 주먹을 쥐었다 폈다 했다. 말을 더듬고, 주먹으로 가슴을 치고, 눈물을 흘리고, 가쁜 숨을 내쉬기를 반복했다. 나는 창문을 열었다. 미지근한 물을 현기 앞에 놓고 등과 어깨를 가볍게 쓸었다.

"선생님, 다른 컵으로 바꿔주시면 안 될까요? 소주잔 같아서요."

물을 마시고 나서 겨우 진정을 한 현기가 조용히 말했다.

"선생님. 저 알코올 중독이었어요. 지난 여름 방학부터 치료받고 있어요. 지금 이건 술을 끊으면 나타나는 금단현상이래요. 선생님은 상담 선생님이시니까 아실 것 같아서 말씀드려요."

두 남자 사이에 잠시 침묵이 흘렀다.

"왜 안 물어보세요? 어쩌다 알코올 중독에 걸렸냐? 어떻게 하다 치료받을 결심을 했냐? 그런 거 궁금하지 않으세요?"

"물어보면 대답할 마음은 있니?"

"아니요."

"술이라도 마시지 않으면 견딜 수 없는 어떤 일이 있었겠지. 그래도 이제 그런 중독, 그러니까 무엇엔가 의존하고 싶은 마음에서 벗어나 너의 길을 가려고 용기를 내기 시작했네. 일단 다행이다. 그런데 문제는 그 새로운 시작이 무진장 힘든가 보다. 힘겨워서 허덕이는 네가 안쓰럽다. 선생님은 그것만 보인다."

다시 침묵이 흘렀다. 어두워진 운동장을 휘젓던 바람이 우리이야기를 비웃듯 상담실 창을 세차게 때리고 있었다. 현기가 자신과 대화를 나누는 동안 나는 커피 메이커에 물을 담았다. 보글보글 물 끓는 소리가 잠시 정적을 깼다. 바람도 멈췄다.

"선생님. 금단현상 때문에 면접을 망칠 것 같아서 불안해요."

"세상은 참 그래. 뭘 하려고 하면 자꾸 가로막는 일이 생겨. 그렇지? 음… 현기야. 내일부터 제대로 시작해 보자."

"어? 그래도 돼요?"

"면접 연습이 아니라 상담부터 하자. 그래야 면접 연습을 할 수 있을 것 같다. 일찍 서두른 거 잘했다. 일단 금단현상을 줄이는 것부터 차근차근히 해보자."

"상담받고 나면 금단현상이 완전히 없어질까요?"

"조금이지만 지금보다는 나아질 거야. 그런데 말이야, 그보다 우리 상담의 가장 큰 목표는 앞으로 또 알코올 중독에 빠질 만큼 힘든 상황이 생겼을 때 현기는 어떻게 해야 할까에 대한 답을 찾는 것이라는 점을 염두에 두고 있었으면 좋겠다."

그날 이후 현기와는 다섯 번 상담했다. 우선 몸과 대화를 나누는 간단한 명상 요법부터 시작했다. 조용히 눈을 감고 발끝에서 다리, 허리, 배, 가슴, 등, 목, 얼굴, 머리까지 깊은 호흡과 함께 집중하면서 몸을 살폈다. 10분 정도 자기 자신에게만 집중했다. 가능하면 혼자서도 자주 그런 시간을 가지라고 했다.

다음에는 자신의 몸에게 보내는 편지를 쓰는 시간을 가졌다. 현기는 간에 보내는 편지를 썼다. '힘들면 힘들다고 이야기해야

지, 왜 아무런 표현을 하지 않아서 나를 병원에 실려 가게 했냐!'
라고 원망하는 내용을 쓰고 읽었다. 그리고 나서는 간이 현기에
게 보내는 답장을 쓰게 했다. 현기는 한 줄을 쓰고 나서 더 이상
쓰지 못하겠다고 했다. 읽어보라고 했다.

너도 똑같잖아.

착한 아이 현기. 아파도 아프다고 말하면 안 된다고 생각하
는, 자신은 집안의 마스코트 같은 존재여야 한다고, 자신의 주변
에는 불편한 일이 일어나면 안 된다는 생각 때문에 늘 불안해하
는 현기에게 간이 보내는 애정 어린 답장이었다.

현기는 아프면 아프다고 말할 수 있어야겠다고 고백하였다.
그렇게 세상이 아닌 자신을 바라보는 시간을 가진 현기와 감정조
절 카드를 활용해서 자신의 감정을 알아차리고, 그때 알맞은 행
동에는 어떤 방법들이 있는지 알아보고 실천하는 시간을 가졌다.
상담이 진행되면서 현기의 표정이 점점 밝아지고 목소리도 명랑
해졌다. 그렇게 시간이 흘러 학교 일정에 맞춰 현기와 면접 연습
을 할 수 있게 되었다.

면접 연습도 상담과 마찬가지로 다섯 번 했다. 우선 마음이

불안해지면 그에 비례해서 화가 올라올 수 있으니, 그럴 때 화를 다스리는 방법부터 시작했다. 찬물을 머금고 뱉기를 5분 정도 반복하였다. 그런 뒤 '가부터 히' 까지 가나다 순서로 크게 소리를 지르는 발성 연습을 하였다. 그다음에는 대학별 예상 면접 문제를 정리하고 그에 대한 대답 연습을 하였다. 처음에는 내가 묻고 현기가 대답하였다. 다음에는 역할을 바꿔서 현기가 면접관이 되어 질문하고 내가 대답하였다. 현기가 대답한 내용을 녹음하여 발음과 어투를 교정하고 동영상으로 녹화하여 표정과 몸짓을 교정하였다. 면접 장소에서 등퇴장할 때 주의할 점과 면접관에게 인사 방법 등에 대해 연습하였다.

"멘사! 살아있네! 너 진짜 잘한다!"

"감사합니다. 선생님 덕분이에요. 그래도 아직 좀 머뭇거려질 때가 있어요."

"그렇구나. 너 대학교에 면접받으러 간다고 말하니? 면접보러 간다고 말하니?"

"예?"

"면접이란 말이야, 대학에서 학생을 뽑기 위한 것이기도 하지만 학생이 그 대학이 자신과 맞는지 알아보는 과정이기도 해. 그래서 면접을 준비할 그 대학에 대해 알아보는 시간을 갖는 거야. 그러니까 면접은 일종의 소개팅 같은 거라고 볼 수 있어. 서로 어울리는지 알아보는 일이야. 그러니까 기죽지 말고 자신감을 가져! 나는 그렇게 민현기가 세상과 만났으면 하는 마음이 있어."

현기는 여전히 자신감이 없는 듯 가볍게 웃기만 하였다.


마지막 면접 연습 날 현기와 함께 동영상 한 편을 봤다. 어느 여가수가 노래 경연대회에서 부른 〈약손〉이란 노래였다. 동영상을 보고 난 뒤 현기의 눈가가 붉어졌다. 현기는 부모님 이야기를 했다. 현기의 어머니는 약사였다가 불미스러운 일이 생겨 직장을 그만두시고 얼마 전까지 마트에서 일하셨다고 했다. 그러다가 척추 협착증이 생겨 그 일도 하지 못하게 되셨다고 했다.

아버지는 사업을 하는 분인데 실패를 너무 자주 하셨다고 한다. 술도 초등학교 6학년 때부터 아버지가 강요해서 마시게 되었고, 자기가 알코올 중독 치료를 받는 것을 보고, 아버지께서도 치료받고 계신다고 했다. 경제적으로 집안이 어려워져서 2년제 대학 자동차학과를 빨리 졸업해서 돈을 벌고 싶다고 했다. 저 노래를 들으니 부모님 생각이 난다고 했다.

"현기야. 너 착한 건 알겠는데 말이다. 왜 너는 또 부모님 이야기만 하니? 그게 부모님이 원하시는 걸까? 선생님은 저 노래에서 '세상에 지지 마라'라는 부분을 들려주고 싶었는데…. 난 그냥 네가 네 생각만 했으면 좋겠어. 그 힘든 시절을 견디어 온 너를 안아주고, 금단현상을 잘 이겨내고 있는 너에게 박수를 보내고, 앞으로 살아갈 너에게 파이팅을 외치는 그런 너였으면 좋겠어."

현기 이외에 다른 학생들 면접 연습도 정신없이 진행되었다. 현기는 나를 도와 친구들 면접 연습에 힘을 보탰다. 친구들은 현기의 도움을 톡톡히 받았다.

"선생님. 아이들의 저에게 면대라고 불러요. 면접 대마왕이란 뜻이래요. 헤헤. 저에게 왜 자동차과로 가냐고 물어요. 나중에 면접 학원 차리면 떼돈 벌 수 있을 것 같다고 말하더라고요."

"와! 그거 좋은 생각인데. 그때 나도 그 학원에 한 자리 만들어 주시면 참 고맙겠어요. 면대학원 민현기 원장 선생님!"

두 사내가 유쾌하게 웃었다.

"그런데요, 선생님. 제가 요즘 친구들이 참 편안하거든요. 이거 '관계중독' '인정중독' 아닌가요? 솔직히 좀 걱정스럽기도 해요."

"아니지. 이건 네가 선택한 상황이잖아. 그리고 너도 친구들에게 도움을 주는 거잖아. 일방적으로 의존하는 것과는 다르지. 함께 길을 걸어가는 거잖아. 가끔 시간차를 두고 서로에게 기대

고 의존하는 것은 꽤 괜찮은 것이지. 그러고 보니 우리 상담 목표
는 어느 정도 이룬 것 같네. 힘든 상황이 생겼을 때는 함께 갈 친
구가 있으면 해결되겠다. 그렇지?"

현기는 여섯 개 대학에 모두 합격했다. 그러나 재수를 선택
해서 나는 당황했다. 후회는 하지 않겠냐는 우려 섞인 질문에 공
부를 더 해서 좋은 대학을 갈 자신감도 생겼다고 했다. 그리고 그
보다는 한 번쯤 떠밀리지 않고, 자신이 선택한 길을 걸어가 보고
싶다고 했다. 실패하면 어떻게 하겠냐는 질문에 농담조로 그때는
또 다른 길이 보일 것이라 믿는다고 말했다. 내가 상담할 때 해준
말 중 가장 마음에 와닿는 말이었다고 했다. 나는 배시시 웃었지
만 여전히 표정이 어두웠던 것 같다. 현기는 지금까지 봤던 표정
중에서 가장 환한 웃음을 지으며 말했다.
"선생님. 전 왕년에 멘사 회원이었잖아요. 한 번 믿어보세요."
현기가 나를 배려하고 있었다. 눈치를 살피면서 내 뜻을 따
라가는 것이 아니라 자신의 선택을 가슴을 품은 채 나의 의견을
존중해 주고 있었다. 중독에서 벗어날 수 있는 무기가 유머와 배
려라는 것을 깨닫고 있는 제자를 바라보면서 나는 그제야 긴 상
담을 마칠 수 있었다.

## 반딧불이와 밀양密陽

요즘 가수 황가람의 〈나는 반딧불〉이란 노래에 푹 빠져 지내고 있어. 가슴을 울리는 음색과 애절한 가사에 매료되어서 나도 모르게 계속 노래를 흥얼거린단다.

그러다가 문득 '어둠 속에서 빛나던 반딧불이들이 아주 환한 대낮에 날아다닌다면 어떤 마음을 가지게 될까?' 하고 상상해 봐. 태양에 비해 아주 약한 자신의 빛을 보면서 우울해지지는 않을까? 밤이 되면 또 빛날 수도 있는데 말이야. 자신만 빛을 내야 한다는 의무감 내려놓고 고운 햇살을 마음껏 즐겨도 괜찮은데 말이야.

상담할 때 나는 그런 반딧불이 같은 친구들을 많이 만나곤 해. 그럴 때마다 〈밀양密陽〉이란 영화가 떠올라. 그 영화 포스터에는 'Secret Sunshine'이라는 영어 제목이 함께 적혀 있단다. '비밀스러운 햇빛' '숨겨진 햇빛'이란 뜻으로 해석할 수 있겠지. 나는 '숨어서 비춰주는 작은 햇살'이라 나름대로 번역해 본단다.

어쩌면 반딧불이는 환한 태양 앞에 바로 나가기에는 아직 풀어야 할 아픔이 많은 존재일지도 몰라. 그럴 때 우리들은 서로에게 밀양이 되어 조금씩 조금씩, 서두르지 말고 천천히 그 친구 앞에 빛을 보여주면 어떨까? 반딧불이가 태양에 적응할 수 있을 때까지 조용히 뒤에 서서 말이야. 그러다 보면 반딧불이는 자신이 빛나는 동시에 빛을 즐길 수 있는 존재라고 생각하게 되지 않을까?

소설가가 되고 싶어 전학을 택한 제자

# 장면 하나. 이른 봄

"전학 가려면 어떻게 해야 해요?"

개학식이 끝난 3월 둘째 날. 꽃피는 것을 시샘하는 꽃샘추위
가 꽤 강하게 기승을 부리던 날. 상담실에 들어서자마자 인사도
하지 않고 퉁명스러움이 느껴지는 소리로 질문을 던지는 하늘이.
불만과 짜증, 그러니까 두려움이 담긴 어투였지만 하늘이의 낮고
굵은 목소리는 듣기에 참 좋았다.

고등학교 2학년이 시작되는 날. 다른 친구들은 새로운 결심
을 하고 출발선에 서 있는데 하늘이는 떠나는 것에 관한 이야기
하고 있었다. 새 학기가 되면 하늘이와 같은 고민을 안고 상담실
에 들어서는 친구들이 꽤 있다. 그런 친구들 대부분은 상담실 문
을 열어둔 채로 그냥 들어온다. 눈에는 보이지는 않지만, 그 친구
에게 부담을 주는 많은 사람이 함께 들어오기 때문이다. 자신의
문제와 관련된 다른 사람들을 생각하느라 문을 닫을 에너지가 남
아 있지 않은 청소년들에게 나타나는 현상이었다. 상담을 시작한
지 몇 년이 지난 후에 알게 된 사실이다.

하늘이도 마찬가지였다. 하늘이가 문을 닫지 않은 것도 전학
문제에 대해서 많은 사람과 이야기하면서 부담을 커졌을 가능성
이 높았다. 또 어쩌면 자신의 마음속에서 전학을 갈까? 그냥 이

학교에 남아 있을까? 이 두 가지 생각이 갈등을 일으키고 있는 것 때문일 수도 있었다.

"도피냐, 선택이냐?"

이해하기 어려울 수도 있는 질문을 던졌으나 하늘이는 질문의 의도를 잘 파악하고 있었다.

"전학을 가겠다는 것이 아니고요. 절차를 물어보러 왔는데요."

차갑고 건조한 어투로 말하는 하늘이. 어디선가 많이 본 듯한 하늘이의 표정을 보고 나도 모르게 픽 웃었다.

"그러면 구체적으로 이야기를 들어봐야겠다. 왜 전학 가려고 하니? 그 이유를 알면 절차를 좀 더 정확하게 알려줄 수 있을 것 같다."

"제가 원하는 대학의 국문과나 문예창작학과로 진학하려면 내신 성적이 좋아야 하는데요. 우리 학교가 자사고라서 그런지 애들이 공부를 너무 잘해서 제가 따라가기가 힘들어요. 그래서 일반고에 가서 내신을 따려고요."

"그렇구나. 그러면 우선 글을 얼마나 잘 쓰는지를 알아봐야 겠네. 선생님도 글 쓰는 사람이란 것은 알고 있니?"

"그래서 왔어요. 선생님 책도 도서관에서 다 읽어봤어요."

하늘이가 살짝 미소를 지으며 말했다.

"좋다. 그러면 선생님하고 글쓰기 배틀해 보자. 그런 후에 전학 가는 방법에 관해 이야기를 나눠보자."

하늘이와 나는 각자 다섯 개의 단어를 써서 서로에게 건넸다. 10분 동안 그 단어를 활용해서 글쓰기 시합을 했다. 내가 하늘이에게 건넨 단어는 '동전, 비린내, 구두, 계단, 하늘'이었다. 하늘이는 나에게 '히드클리프, 개선문, 바람, 꼰대, 금붕어' 이렇게 다섯 단어를 적어주었다.

오늘도 하늘은 보지 않고 사람들의 구두만 주야장천 바라보고 있다. 바라만 보고 있어야 했다. 눈동자를 움직이지 말아야 했다. 앞을 못 보는 것처럼 보여야 더 처량해 보이니까. 움직이지 않아야 세상을 살아낼 수 있는 김딸구 씨는 조심스레 시선을 옮겨 깡통을 바라본다. 동전 몇 개만 추위에 오들거리듯 뒹굴고 있었다. '팔랑팔랑' 그 위로 만 원짜리 한 장이 떨어진다. 적선 사업 초기라면 자신도 모르게 고개를 들어 그 천사의 얼굴을 보려 했을 것이다. 그러나 이제는 세련된 전문가처럼 고개를 숙인 채 음흉스러운 미소만 혼자 조용히 짓고 있다. 천사는 그 사람이 아니라 저 만 원짜리 종이였다. '펄럭펄럭' 또 한 장의 만 원. 오래 살아야 한다. 그래야 이런 기적과 만날 수 있다. 오늘은 비린내 나는 음식을 먹을 수 있을 것 같다. 그러면 저 계단 하나 정도 오를 힘은 더 생길 것이다. 아니다. 한 계단 더 밑으로 내려가야 내 삶은 풍요로워질 것이다. 더 비참해야 나의 적선 사업은 윤기가 날 것이다. 신마저도 감동하게 할 수 있을지 모른다.

나는 꼰대다. 내 앞에는 히드클리프가 앉아 있다. 깔바도스를 마시던 라빅과 개선문에서 만나기로 했던 떠돌이 히드클리프. 그는 언제나처럼 변함없이 약속을 어겼다. 그는 악동이니까, 슬픈 악동이니까, 결국 외로운 악동이니까. 악동은 약속을 어기는 것이 어울리는 사람이다. 이문세의 노래가 카페에 흘러 다닌다. '이대로 떠나야만 하는가. 너는 무슨 말을 했던가.' 그 음률에 맞춰 카페 밖에는 찬 바람 불고, 거리의 온도를 잘 모르는, 바다로 가고 싶은 어항 속 금붕어는 춤을 춘다. 다른 세상에서 살 수 있을까? 하는 걱정도 함께 갖고 있는, 난폭하게 춤을 추는 금붕어의 이름은, 폭풍의 언덕에 서 있는 히드클리프다. 그리고, 나다.

오랜 시간, 아주 오랜 시간 하늘이와 나는 서로의 글만 바라보고 있었다.
"김딸구 씨 느낌이 어떠세요?"
"김딸구의 본명이 히드클리프였네요. 별명은 어항 속 금붕어고요."

하늘이는 나의 글에서 자신을 보고 있었다. 문학적 감각이 뛰어난 친구였다. 하지만 내가 쓴 글의 마지막 문장을 이해하지는 못한 듯했다. 나는 하늘이의 모습에서 점점 진하게 나를 보고 있었다.

"좀 생각해 보고 다시 상담해야겠지?"

"그런 것 같네요."

상담실 문을 열고 나서는 하늘이의 뒷모습이 꼭 저 나이 때 나를 닮아도 무척 많이 닮은 듯해서 멍하니 바라보았다. 글을 쓰고 싶지만, 현실적인 상황 때문에 매 순간 글쓰기를 포기해야 했던, 그러나 매 순간 포기하지 못하고 다시 글쓰기를 반복했던 그날들. 방법을 찾기 위해 힘겹게 보냈던 외로웠던 시간들이 떠올랐다. 하늘이의 마음이 내게로 들어와 있었다. 하늘이가 앉아 있던 자리와 그 주변에 옹기종기 모여 나를 바라보는 사람들, 셀 수 없이 많은 그들을 바라보며. '이제부터는 저도 함께 가도 괜찮을까요?'라고 말했다. 하늘이의 삶을 염려하는 고운 이들에게 보내는 일종의 신고식 같은 인사였다.


# 장면 둘. 1976년 이른 봄, 그리고 삼십 년 후

고향 제주에서 서울로 전학을 왔던 초등학교 4학년 때. 나는 매일 울었다. 고향 친구들이 그리웠다. 그중에서도 내가 좋아했던 소녀가 지독하게 보고 싶었다. 하루를 살아내기 힘겨웠던 부모님과 나이 어린 여동생 앞에서는 나의 슬픔을 이야기하기가 힘들었다. 그래서 일기를 썼다. 그 소녀에게 보내는 편지 형식으로 일기를 쓰고 나면 마음이 편안해지곤 했다.

그렇게 나의 글쓰기는 시작되었다. 월세를 걱정하시는 부모님을 위해 상금이 걸려 있는 '전국 생명보험 수기 쓰기'에 응모하였다. 처음으로 응모한 글쓰기였다. 어찌어찌 원고는 썼으나 우편 요금이 없었다. 담임 선생님께 전후 사정을 말씀드리면 우편 요금을 빌려달라고 했다. 상금을 타면 꼭 드리겠다고 했다. 가만히 날 바라보시던 선생님께서는 함께 택시를 타고 가서 원고를 접수하고 짜장면까지 사주셨다. 그리고 나는 운이 좋게도 은상을 받았다.

삼십여 년이 지난 후 선생님께서는 말씀하셨다. 점심시간만 되면 운동장 한구석에 우두커니 서서 울고 있는 나를 자주 봤었다고, 도와주고 싶었는데 교사 초년병 시절이라 어떻게 할지 잘 몰랐다고, 그러다가 내가 도움을 요청했을 때 당신께서 도와줄 수 있게 되어서 얼마나 기쁜지 몰랐다고 말씀하셨다.

"문경보가 전학을 왔을 때 말이야. 보석 하나가 하늘에서 떨어져서 내게 온 줄 알았어. 횡재한 것 같았다 이 말이야. 자네 글

은 또 어떻고. 정말 따뜻해. 사람 눈물을 쏙 빼놓고 말이야. 읽고
나면 마음이 얼마나 편안해지는지 몰라. 그러니까 힘들어도 글은
계속 쓰시게. 그건 자네에게 주어진 사명 같은 거야. 아! 그리고
이젠 힘든 일 있으면 이야기 좀 하고 살게. 초등학교 때 자네는
너무 착했어. 너무 웃고 말이야. 그래서 내가 해줄 자리를 못 찾
아서 힘들었다 이 말이지. 허허."

　이젠 하늘 꽃자리에 계신 선생님은 모든 제자를 보석 같다고
말씀하셨다. 제자들이 하는 일이라면 언제든지 응원과 덕담을 아
끼지 않으셨다. 그래서 우리들은 삶이 힘겨울 때면 선생님을 찾
았다. 아! 삶이 힘들 때 만날 사람이 있다는 것은 얼마나 큰 축복
인가! 그리고 나는 지금 선생님의 자리에 있고, 내 앞에는 나처럼
글쓰기를 좋아하면서 혼란스러운 상황에 놓여 있는 하늘이가 있
었다.


　# 장면 셋. 목련꽃 피어나기 시작할 때
　하늘이는 이 주가 지난 후에야 왔다.

　"생각을 정리하느라 시간이 걸렸습니다. 죄송해요. 몇 가지
여쭤보려고 해요. 괜찮으세요?"

　"그래. 그런데 그냥 말로 하지 말고 종이에 쓰고 나서 질문할

래? 그게 좋지 않을까?"

하늘이가 씩 웃으며 파일에서 질문을 적은 종이를 꺼냈다. 나와 같은 생각을 하고 있었던 하늘이를 향해 나도 씩 웃었다.

"선생님. 제가 선생님보다 글을 잘 쓸 수 있을까요?"

"하하. 하늘아. 나 고등학교 때 너보다 글 못 썼어. 그리고 말이야. 문학판은 경쟁하는 자리가 아니야. 저마다의 꽃을 피워내는 자리야. 그러니까 비교하려는 마음은 내려놓는 것이 좋아."

"두 번째 질문인데요. 글은 어떤 존재인가요?"

"그건 좀 복잡한데…. 사람마다 다른 의미일 것 같다. 선생님에게 글은 답답한 마음을 풀어주는 친구였어. 그래서 내 글의 첫번째 독자는 항상 나였지. 물론 내 글을 읽고 함께 공감해 주는 사람을 만나면 뿌듯해지기도 하고 고마워지기도 했지. 그럴 때면 선물을 받는 것 같은 기분이 들곤 했지. 선물이 참 좋은 것이지만 반드시 삶에 있어야 하는 것은 아니고 말이야."

"마지막으로 여쭤볼게요. 국어국문학과나 문예창작학과 가야만 글을 제대로 쓸 수 있나요?"

"아니."

내 짧은 대답을 듣고 하늘이는 고개를 천천히 끄덕거렸다. 한숨을 쉬기도 했다. 그러다가 혼란스러운 표정을 짓기도 했다.

"자. 그러면 이번엔 선생님이 물어보자. 글쓰기는 생각하지 말고 내 질문에 대답해 주길 부탁해. 넌 왜 전학 가고 싶니? 대답하기 어려우면 질문을 바꿔볼 수도 있다. 전학을 가는 것으로 결정했을 때 떠오르는 사람은 누구니? 그리고 왜 떠오르니?"

하늘이는 대답하지 않았다. 종이에 의미 없는 낙서만 했다.

"두 번째 질문할게. 역시 글쓰기만 제외하고 생각을 해보길 바란다. 전학을 가지 못하는 이유는 무엇이니? 전학을 안 간다고 할 때 떠오르는 사람은 누구니? 그 사람들이 떠오르는 이유는 무엇이니?"

하늘이는 역시 대답하지 않았다.

"하늘아. 넌 글을 만질 줄 아는 재능을 타고났어. 그건 내가 보증할 수 있어. 각종 대회에서 수상한 경력을 보면 객관적으로 증명도 된 재능이지. 글도 좋아. 차가운 표현 속에 따스함도 있고 멋있어. 난 개인적으로 네가 책을 내면 가장 먼저 사 보는 독자가 될 마음도 있어. 전학을 가건 안 가건, 국문과나 문창과를 가건 안 가건, 너는 문학의 길을 잘 갈 수 있다고 나는 생각해. 아무리 생각해도 네 문제의 중심은 문학이 아닌 것 같다는 생각이 드네. 뭘까? 너를 갈등하게 하는 그것들은 뭘까? 이 학교에 남아 있고 싶기도 하고, 전학을 가고 싶기도 한 마음. 그 두 마음 사이에서 너를 방황하게 만든 그것은 무엇일까?"

# 장면 넷. 전학 가던 날

또 이 주가 흘렀다. 하늘이가 상담실에 오더니 목캔디와 함께 편지를 나에게 건넸다.

선생님. 오늘 전학 갑니다. 제가 망설였던 것은 욕심과 시선 때문이란 것을 알게 되었습니다. 자사고에 다닌다고 자랑하고 싶은 마음, 그 마음을 포기해야 한다는 생각…. 어쩌면 좋은 대학 국문과나 문창과에 가고 싶은 것도 같은 이유 때문인지도 모르겠습니다. 아니 같은 이유입니다. 고향 순천에서 인정받고 싶은 마음이 컸습니다. 깨달음이고, 고백입니다. 국문과나 문창과가 아닌 다른 학과로 진학을 고민했던 것도 어쩌면 글쓰기에서 최고가 되지 못하거나 좋은 대학을 못 가면 다른 사람들이 저를 바라보는 시선을 못 견디게 될 것 같아 그랬던 것 같습니다.

선생님. 고맙습니다. 선생님 덕분에 글을 쓸 때, 그리고 공부할 때 편안해질 것 같습니다. 선생님 말씀처럼 눈치 보면서 돌아가지 않고, 정면 승부 할 수 있을 것 같습니다. 결과가 나오면 유쾌하게 받아들이고, 거기서부터 다시 시작해 보려고 합니다. 선생님께서는 저에게 자유와 여유를 선물해 주셨습니다. 많이 감사합니다. 중학교 친구들이 있는 순천에 있는 고등학교로 전학 가서 친구들과도 즐겁게 지내면서 글도 쓰고 공부도 열심히 하려고 합니다. 이 학교가 그립기도 할 것 같습니다. 그 그리움도 글로 풀어내려고 합니다.

아! 어쩌면 국문과나 문창과로 진학하지 않을 수도 있을 것 같습니다.

그래도 글을 계속 쓰려고 합니다. 글을 쓴다는 것은 삶을 잘 살아내는 것이라는 선생님 말씀 늘 가슴에 새기면서 살겠습니다.

하늘이의 어깨를 잡고 함께 창밖을 바라보았다.

"목련이 막 피기 시작했네. 참 예쁘다. 하늘아. 전학을 가도 여기 친구들은 여전히 네 친구들로 남아 있고, 여기 선생님들도 네 선생님으로 남아 있다는 거 알지?"

하늘이와 함께 교문까지 천천히 걸었다. 교문 밖에서 인사를 하고 걸어가는 하늘이의 뒷모습을 한참 바라보았다. 전학을 한두 명 보내본 것도 아닌데 새삼스레 마음이 허했다. 옆을 지나가던 입사 동기 선생님이 따뜻한 미소를 지으며 말씀하셨다.

"하늘이 저놈 보면 말이에요. 꼭 문 선생님 생각 나요. 둥글 둥글한 외모에 글쓰기 좋아하고, 지방에서 서울로 올라왔고…. 참 좋은 친군데…. 이런, 울어요? 문 선생님 주말에 바람 한 번 쐬셔야 마음이 좀 편안해지시겠어요."

그랬다. 하늘이와 상담했던 지난 한 달, 나는 나와 만나고 있었다. 타향으로 전학을 왔던 어린 나를 하늘이를 통해 계속 만나고 있던 것이다. 그러니까 하늘이에게 건넸던 마지막 덕담은 사실 떠나온 것들, 그리운 것들은 나의 삶에서 빠져나간 것이 아니라 여전히 그 자리에 있는 남아 있다는 사실. 그래서 내 삶은 풍요롭다는 것을 기억하라며 나 자신에게 던지는 다독거림이었다 하늘이와 상담을 했던 지난 한 달은 전학을 와서 힘겨웠던 어린 나를 치유하게 된 시간이기도 했다. 내 제자, 내 친구, 나와 닮은 꼴 하늘이가 나에게 준 선물이었다.

# 연리蓮理

망설이고 있니? 가던 길 계속 갈까? 다른 쪽으로 뻗은 길로 방향을 바꿀까? 오던 길로 되돌아갈까? 그냥 멈출까? 그런 생각에 갇혀 에너지가 소진된 너에게 내가 사용했던 방법을 말해 볼게. 난 앨범을 뒤지는 버릇이 있어. 그동안 만나왔던 사람들, 가족, 친구들, 잠깐 인연을 맺었던 사람들, 연락을 주고받은 지 꽤 오래된 사람들과 찍은 사진을 물끄러미 바라보며 생각에 잠기곤 해.

'연리蓮理'란 말 들어봤니? 두 나무가 가까이 자라다가 서로 겹쳐서 하나가 된다는 뜻이야. 뿌리가 하나로 연결되면 '연리근', 가지가 서로 만나면 '연리지'라고 한단다. 앞날이 잘 안 보일 때 과거를 돌아 보다 보면 연리들과 지냈던 추억을 떠올리게 되는 경우가 있단다. 그들과 함께 할 때 나는 굳이 치장하지 않아도, 높은 지위에 있지 않아도, 많이 가지지 않아도 즐거웠어. 실없는 농담을 하고, 값싼 음식을 나누면서도 그들과 함께 있을 때는 시간이 참 빨리 흘러갔어.

그런 연리들이 있었는데, 언제부터 나는 누군가의 시선을 의식하며 살아가는 사람이 되었을까? 생각하다가 찔끔 눈물도 흘린단다. 친구야. 오늘 너는 어떤 길로 갈까를 혼자 힘들어하지 말고 네 마음과 솔직하게 대화를 나누고 너와 마음으로 함께 하는 연리들에게 오랜만에 연락해서 수다 한번 떨어보면 어떨까?

사회학을 공부하고 싶은 탈북 청년

"선생님. 생각하면 할수록 점점 혼란스러워집니다."

"그렇구나. 생각하면 할수록 더 혼란스럽구나. 그래도 상담을 신청한 것을 보니 문제를 풀고 싶은 마음이 큰가 보다."

"3월에 말씀드린 것처럼 저는 선교사님 덕분에 남조선, 아니, 남한으로 오게 되었습니다. 그래서 저도 선교사님처럼 누군가에게 도움과 희망을 주는 사람이 되고 싶어 신학을 공부하려고 했습니다. 그런데 남한에서 몇 년을 지내다 보니 이해할 수 없는 일이 자꾸만 보였습니다."

민철이는 탈북 청년이다. 고등학교 3학년 학생이지만 반 아이들보다 세 살이 많다. 하지만 함경도에서 중국을 거쳐 지금 내 앞에 오기까지 경험한 이야기들을 듣다 보면 또래보다 삼십 년은 더 살아낸 친구로 보였다. 죽음의 고비를 여러 번 넘긴 탓인지, 아니면 대한민국에 익숙하지 않아서인지 담임인 나에게 자신의 속내를 잘 드러내지 않았다. 그래도 반 친구들과는 형제처럼 잘 지내고 성적도 꽤 괜찮은 친구였다.

학교 식당에서 잔반통에 버려진 음식을 보면서 '이거 우리 동네 가지고 가면 온 동네 사람들 한 끼 식사는 될 텐데…'라며 혼자 중얼거렸던 친구. 교내 봉사활동으로 학급 전원이 학교 여기

저기를 청소할 때 한참 동안 안 보이다가 양손에 마대를 들고 나타난 친구. 마대 속에는 비둘기가 한가득. '여기 비둘기들은 이상합니다. 잡으러 다가가도 도망을 가지 않습니다. 그리고 북쪽 비둘기보다 아주 통통합니다. 선생님, 이거 구워 먹으면 진짜 맛있습니다'라고 말하며 어이없는 표정으로 쳐다보는 친구들 앞에서 빙그레 웃던 민철이. 노숙자 급식 도우미 봉사활동을 하던 날, 밥을 받기 위해 서 있는 사람들을 바라보면서 계속 고개를 갸우뚱하던 친구. 학부모 총회 때 혼자 탈북했기 때문에 부모님은 오시지 못한다고 말하며 죄를 지은 듯 서 있다가 '반드시 모시고 와라. 네 부모님 오실 때까지 난 언제까지나 여기서 기다릴 수 있다. 그러니 이번에는 못 모시고 와도 언젠가 반드시 모시고 올 것이라고 나는 믿는다. 알겠지?'라는 네 말에 통곡하며 울었던 친구. 가출한 뒤 결국 자퇴하게 된 반 친구의 자리에 자신이 앉겠다고 부탁해서 그렇게 하라고 하니 자리를 옮겨서 하염없이 그 친구의 책상을 쓰다듬던, 그 친구가 자퇴하던 날 담임에게 인사하러 왔을 때, '난 네 맘 알아. 기죽지 말라우'라고 말해 친구를 엉엉 울게 했던 친구. 민철이는 그런 친구였다. 그런 친구가 이제 좀 더 넓은 세상으로 나갈 준비를 하고 있었다. 이제 또 다른 여정을 시작할 때 방향을 잘 잡고 싶어서 나와 대화를 나누고 있다.

"이해할 수 없는 일이 무엇인지 이야기해 줄 수 있니?"

"선생님 알고 계신 것처럼 저는 열두 살 때 동네 형이랑 쌀 두어 말 구하려고 고향을 떠났다가 지금 여기까지 오게 되었습니다. 배고파서 그랬습니다. 배고파서 죽을 각오를 하고 그렇게 했습니다. 그런데 중국과 한국을 떠돌면서 들은 이야기에 너무 화가 났습니다."

민철이에게는 아주 어릴 적부터 친하게 지냈던 동무가 있었다. 열 살 되던 해 어느 날, 학교 친구들은 온몸에 물을 묻히고 뒷산으로 뛰어 올라갔다. 뒷산에 불이 난 것이었다. 소화 시설이나 시스템이 부족하여 불을 그렇게 끄곤 했다고 했다. 그러다가 그 친구가 그만 하늘나라로 가버렸다.

"학교에서 그 친구 장례를 치르던 날에 선생님들은 이렇게 말했습니다. 저 산불은 남조선에서 와서 낸 것이라고. 그러니까 우리 친구는 남조선과 맞서 싸운 영웅 전사라고 했습니다. 여러분들은 먼저 간 친구의 죽음이 헛되지 않게 다음에도 불이 나면 더 투쟁적으로 활동하라고 했습니다.

그땐 선생님 말씀이 맞는 줄 알았습니다. 그런데 나중에 보니 그냥 계절적인 영향 때문에 나무와 나무가 비벼져서 자연적으로 불이 난다는 것을 알게 되었습니다. 어린아이들이 몸에 물을 묻혀서 불을 끄는 것도 말이 안 되지만, 저는 선생님들의 말을 생각하니 더 화가 났습니다. 거짓말을 하면서 아이들을 죽음으로 내모는 그곳으로 다시는 돌아가고 싶지 않았습니다."

그런데 남한에 와서 민철이는 이해할 수 없는 현상들을 목격하게 되었다. 풍요로운 남한에도 굶는 사람들이 있다는 사실. 북한에 비하면 한없이 부드럽게 대하는 선생님들이 많으신데, 선생님들이 학생들의 인권을 침해해서 법정에 서게 되었다는 방송. 먹고 살기 위해서가 아니라 자신의 즐거움과 정신적 문제로 범죄를 저지르는 사람들. 학교에서 새벽부터 밤늦게까지 공부해도 원하는 대학에 갈 수 없는 입시 제도. 자신이 보기에는 수많은 일자리가 있는데도 직업을 구하기 어렵다고 걱정하는 청년들. 몸을 팔아 용돈을 버는 여학생들과 그 뒤에 있는 조직들. 배고픔이 아닌 다른 이유로 자살하는 수많은 계층의 사람들.

"대학 학과를 정하려고 하니까 북한과 남한 사회의 이해할 수 없었던 일들이 더 생각났고, 앞으로 어떤 일을 하며 살아야 할지 혼란스러워졌습니다. 언젠가 선생님께서 국어 수업 시간에 말씀해 주신 링반데룽(등산에서 짙은 안개 및 폭풍우를 만났을 때나 밤중에 방향 감각을 잃고 같은 지점을 계속 맴도는 일)이라는 말이 떠오르기도 했습니다. 답을 찾기가 어려웠습니다."

민철이는 고민하고 고민하다가 신학과를 포기하고 일단 사회학과로 진학하기로 마음먹었다고 했다. 사람이 모여 사는 사회가 어떤 의미가 있는 곳인지 궁금해졌다고 했다. 신학은 그 궁금증을 해결하기에는 너무 추상적인 학문이라고 판단했기 때문이었다. 선교사님께도 말씀드렸다고 했다.

"그랬구나. 그러니까 사회학과를 선택하겠다고 나에게 이야기하러 왔구나. 괜찮은 선택이다. 그런데 네 말이나 표정을 보면 개운한 결정은 아니라는 느낌이 드네."

"예. 사회학과를 선택한 것이 현재로서는 최선의 결정인 것 같은데 뭔가 답답한 느낌이 듭니다. 아직 완벽하게 해결하지 못한 무엇인가 있는 것 같은데 그게 뭔지 모르겠습니다."

"완벽하게 해결하지 못한 것이라…. 음… 그것에 관한 이야기를 나누는 것이 문제를 푸는 열쇠가 될 것 같다. 좋아, 그럼 두 가지 숙제를 내줄 테니 다음 상담까지 해 와라. 하나는 신학과 사회학이 다른 학문인가? 하는 생각을 해보는 것이고 다른 하나는 최인훈 선생이 쓴 《광장》이란 소설을 읽어 와라. 그런 뒤 이야기를 나누면 민철이의 답답한 마음이 풀릴 것 같다."


이 주 후에 민철이가 좋아하는 해물짬뽕을 먹고 아담한 카페에 앉아 이야기를 나누기 시작했다.

"오늘은 표정이 좋아 보인다. 역시 사람은 배부른 게 최고야. 그렇지?"

"그 집 해물짬뽕 정말 맛있습니다. 그리고 이런 카페에서 선생님이랑 말씀 나누려니까…"

"불편하니?"

"아닙니다. 감사해서 그렇습니다. 우리 반 친구들이 선생님과 차를 마셨다는 이야기를 들어본 적이 없어서 말입니다."

"그 친구들은 아직 스물 이전 얼라들이잖아. 너는 우리 반 큰형이고. 하하."

"아닙니다. 우리 반 아이들이 훨씬 저보다 어른스러울 때가 많습니다."

나와 민철이 사이에 차분한 침묵이 흘렀다.

"선생님. 숙제 검사 받겠습니다. 우선 '신학과 사회학이 다른 학문인가?' 라는 질문을 받고 사실 저는 좀 충격을 받았습니다. 그렇게는 생각해 본 적이 없었습니다. 제가 내린 결론은 두 가지입니다. 우선 신학과 사회학은 같은 점도 있고, 다른 부분도 있는 학문이라고 생각합니다. 순서만 잘 정하면 두 가지 모두 공부할 수 있을 것 같습니다. 사회학을 먼저 시작하는 것이 저에게는 맞을 것 같고요.

두 번째 제가 내린 결론은 선생님이 내 주신 숙제처럼 어떤 문제를 해결할 때는 많은 질문을 여러 각도에서 해보면 현명한 답을 얻게 된다는 것입니다. 이건 숙제를 통해 제가 깨달은 부분이기도 합니다."

"퍼펙트! 아니, 엑설런트! 좋아. 좋아. 아주 정답을 말해줬다. 선교사님께서도 그래서 너의 선택을 존중해 주셨을 거야. 그럼. 《광장》을 읽은 소감을 말해 볼까?"

"그 책을 읽으면서 우울했습니다. 남과 북 어디도 선택하지 못하고 제3의 나라를 선택하다가 그것마저도 만족하지 못해서 바다로 떨어져 죽은 주인공의 모습이 꼭 제 미래로 생각되어 무섭기까지 했습니다."

"만족하지 못했다, 만족…. 음… 소설 속 주인공은 왜 그런 슬픈 선택을 했을까? 그리고 왜 선생님은 그런 비극을 읽어보라고 너에게 말했을까?"

"그건… 죄송하지만 잘 모르겠습니다. 다만 선생님께서 지난 상담 때 '완벽하게 해결하지 못한 것에 관한 이야기를 나누는 것이 제 문제를 해결하는 열쇠가 될 것'이란 말씀이 떠오르긴 했습니다."

"그 정도면 숙제를 꽤 잘해왔다. 민철아. 이것저것 다 내려놓고 너의 심리적인 부분에 대해서만 말하면 너는 자신에게 있는 '완벽주의'에 빠진 것으로 보여. 그렇다고 그게 잘못되었다는 뜻은 아니야. 너의 완벽주의는 네가 살아온 삶이 만들어낸 생존방식이라고 생각해. 확실하지 않으면 살아내기 어려웠던 과거. 몸과 생각은 성장했지만, 마음은 과거에 만난 경험에서 벗어나지 못한 박민철이 지금 내 앞에 앉아 있는 것은 아닐까?

나는 남한과 북한 중 어느 쪽 체제의 우월성을 말하고 싶지는 않아. 다만 불완전한 존재인 사람이 만들어낸 체제들은 모두 어느 정도는 결함을 가지고 있는 것이 현실인데 무조건 완벽해야 한다고 하는 네 생각, 너도 완벽해야 한다는 생각이 너를 힘들게 하는 것은 아닐까? 네가 할 일은 완벽한 현실을 택하는 것이 아니라 완벽한 세상을 향해 가는 길에서 작은 역할이라도 하면서, 지금보다 조금은 나은 세상을 만들어 가는 것이 아닐까? 그 길을 만들기 위해 나는 네가 사회학과를 택한 것이었으면 좋겠어. 완벽한 세상이 아닌 완벽한 세상으로 가는 걸음을 걷게 되는 꿈을 꾸기 위해서 말야."


민철이는 명문대 사회학과에 무난하게 합격했다. 대학에서 좌충우돌하며 주변 사람들을 웃음 짓게도 하고, 놀라게 하기도

했다고 한다. 그러나 주변 사람들 눈치를 살피던 고등학교 때와
는 다르게 강의실에서, 광장에서 자신의 의견을 과감하게 꺼내는
민철이를 보고 함께 입학한 친구들이 '형이 더 멋있어졌어요'라고
말했다. 그런 민철이가 지금은 먼 나라에 있는 NGO 단체에서 활
동하고 있다. 그 단체는 주로 인권 문제를 다루고 있는 곳이다.

　나는 자주 주문을 외우는 것처럼 '우리의 소원은 통일'이라고
중얼거린다. 이유는 단순하다. 빨리 통일을 해서 내 친구 민철이
가 부모님을 모시고 와서 편안하게 나와 같이 해물짬뽕을 맛나게
먹을 수 있는 그날을 간절하게 기다리고 있기 때문이다.

# 적당한 인생

일이 잘 안 풀리고, 우울하고, 외롭고, 슬프다고? 사는 게 사는 것 같지 않다고? 잘살고 있구나. 우울, 외로움, 슬픔, 그 친구들도 네 인생이란다. 그 감정들을 만나는 것이 삶이 아니라면 인생은 뭐가 남을까? 혹시 너는 가족이나 친구가 힘든 모습을 보면 힘드니? 견디질 못할 정도로 힘드니? 학교에 와서도 아픈 엄마 때문에 학교생활을 잘 못 하고, 집에 가서도 학교에서 고통스러워했던 친구 때문에 마음 쓰여 아무것도 할 수 없니?

만약 그렇다면 너는 주변에서 착하다는 소리를 자주 듣고 있을지도 모르겠다. 그런데 말이야, 늘 그렇게 지내면 어떤 일이 벌어질까? 사람은 아파하는 마음이 아주 깊어지면 그 대상이나 상황을 외면하고 싶어진단다. 관계를 끊고 싶은 생각도 들고 말이야. 또 네가 힘들 때 너에게 무관심한 다른 사람을 보면 실망할 수도 있어. 다른 사람들보다 더 깊은 실망감을 느낄 거야. 땅만 바라보고 걷다 보면 장애물과 만나 사고를 당할 일은 없겠지.

그러나 땅을 바라보지 않고 걷는 사람이 훨씬 더 편안한 삶을 살 수 있지 않을까? 살다 보면 넘어질 수도 있잖아. 다시 일어나면 되잖아. 너무 한 곳만 바라보지 않았으면 좋겠어. 이다음에 직업을 가지고 살아갈 때도 마찬가지야. 늘 완벽하게 타인을 사랑해야 한다는 생각에 갇혀 있지 않길 바란다. 다른 이들과 적당한 거리를 두고 살아도 너는 괜찮게 살고 있는 것이란다.

외로운 건축가가 세상과 만나는 방법

고등학교 2학년 남학생 태현이. 태현이가 꿈꾸는 미래가 태현이에게 어울리는 길인지 알아보기 위해 실시한 간이 직업적성검사. 1순위는 도구를 잘 다루는 실재형, 2순위는 사람을 좋아하는 사회형. 건축학과를 지원하려는 태현이의 적성에 맞는 결과였다. 태현이가 배시시 웃음을 베어 물었다. 그런데 뭔가 개운하지 않은 표정.

객관적으로 검사지 분석을 하고 관련된 진학 상담만 하려 했던 나는 우선 이야기를 나눌 필요가 있다고 판단했다. 사회형 점수 때문이었다. 세부 항목에서 성향과 능력은 최고점이 나온 것에 반해 호감도가 무척 낮게 나와 이 부분을 짚고 넘어가야 했다. 그냥 지나치기엔 태현이의 그늘이 너무 짙었기 때문이었다.

"태현아. 너는 어떤 건축가가 되고 싶니?"

"사람들이 서로 편안하게 생활하는 건물을 짓고 싶어요."

"태현이는 사람을 좋아하는구나."

"지금은 아니에요."

"그래? 지금은 아니구나. 예전에는 그랬는데 지금은 아니구나."

가만히 태현이의 얼굴을 바라보았다. 태현이는 고개를 들지 못한 채 한숨을 쉬었다. 툭! 떨어지는 눈물방울. 이내 줄기가 되어 흘렀다. 애써 울음소리는 참고 있지만 흐르는 눈물을 막을 수는 없었다.

"선생님. 진로상담인데 개인적인 상담 해도 되나요?"

"그럼. 자, 그 전에 우선 심호흡 몇 번 하자."

태현이에게 휴지를 건네며 실재형과 사회형 못지않게 관습형의 점수가 높게 나온 검사지를 바라보았다. 관습형. 꼼꼼한 성향을 보이는 동시에 타인에게 비난받으면 견디기 힘들어하는 특징을 가지고 있는 유형.

시작은 중학교 입학 때부터였다고 했다. 이사를 와서 입학한 학교에는 모두 낯선 친구들뿐이었다. 친구들을 좋아했던 태현이는 아이들에게 웃으며 다가갔지만, 초등학교 동창끼리만 지내려는 그 친구들 사이로 들어서기가 버거웠다. 부모님과 이야기를 나누었더니 친구들을 집으로 초대하자고 하셨다. 태현이의 집에 놀러 온 친구들은 모두 눈이 휘둥그레졌다. 태현이의 집이 꽤 부유했기 때문이었다.

그날 이후 태현이는 친구들에게 무엇인가 자꾸 선물했다. 친구들도 태현이 주변에 몰려들기 시작했다. 태현이는 점점 더 자주 친구들에게 이런저런 것들을 나눠주었고, 집이 잘산다는 것, 어머니 아버지가 정부 기관에서 임원을 하고 있다는 것을 스스럼없이 이야기했다. 그건 거짓말이 아니었고, 그때 태현이는 중학교 1학년 어린 남학생이어서 친구들의 마음과 시선을 주의 깊게 관찰하기에는 어렸다. 중학교 1학년 겨울 방학 때 중학교 3학년들에게 협박당한 태현이는 친구들에게 도움을 요청했으나 모두 등을 돌렸다. 중3 학생들과 얽힌 일은 담임 선생님과 어머니께서 잘 해결해 주었지만, 중학교 2학년이 된 태현이는 멍하니 창밖만 바라보는 학생이 되어버렸다. 상담소에 가서 주기적으로 상담을 받아도 아무런 효과가 없었다.

그렇게 중3이 된 어느 봄날. 중학교 1학년 때 같은 반을 했던 친구 몇이 다가왔다. 그중 한 친구가 어색해 하는 태현이에게 다른 친구들과 함께 자기 집에 가서 놀자고 했다. 그 친구의 집에 간 태현이는 가난한 집안의 풍경을 보고 당황했다. 그런 집이 있다는 것을 처음 경험했다고 했다. 그날 태현이는 친구들과 긴 이야기를 나누면서 그동안 서운했던 감정을 풀었고, 그 이후로는 꽤 즐거운 시간을 함께 보냈다.

자율형사립고로 진학을 한 태현이는 중학교 1학년 때와 같은 상황이 되었다. 중학교에 입학할 때처럼 같은 학교 출신 친구가 아무도 없었다. 새롭게 친구를 어떻게 사귀어야 할지 고민이 되었다. 그래서 조심스럽게 같은 반 아이들을 도와주기도 하고 자신의 물건을 나눠 쓰기도 했다. 중학교 때와 비슷한 행동을 하는 자신을 보면서 망설여질 때도 있었지만 다른 방법을 찾기는 어려웠다.

그러던 어느 날 자신에 대한 험담을 반 아이들이 뒤에서 한다는 것을 알게 되었다. 특히 돈이 있는 티를 낸다는 험담을 자신의 짝이 하고 다닌다는 사실을 방학식 날 들었다. 그래서 2학년에 올라와서는 교과서만 바라보며 공부하고, 친구들과는 거리를 두게 되었다.

"선생님. 전 학교에서 유령이 되어 있는 것 같아요. 아무도 제 존재를 못 보는 유령이요. 전 왜 이렇게 못났죠? 제 인생은 왜 이래요?"

"그렇구나. 힘들었겠다. 그래도 선생님에게 네 이야기 해줘서 고맙다. 자, 선생님도 생각 정리할 시간이 필요하고, 너도 마음을 다독거릴 시간이 필요할 것 같은데, 괜찮으면 내일 한 번 더 상담하면 어떻겠니?"

다음 날. 태현이는 조금은 편안한 표정으로 내 앞에 앉았다.

"우선 선생님이 뭐 하나 물어보자. 너는 사람들과 같이 작업하는 건축가가 되고 싶니? 아니면 너 혼자 일하는 건축가가 되고 싶니?"

"가능하면 혼자 하고 싶어요. 그런데 건축가가 혼자 할 수 있는 직업이 아니라서 고민이에요."

"그렇구나. 그럼 두 번째 질문할게. 너는 친구가 뭐라고 생각하니?"

"같은 또래 아이들, 그리고 오랜 시간 함께 지내면서 서로 마음속에 있는 이야기를 할 수 있는 사람들이라고 생각해요."

"그래. 그렇게 생각하고 있구나. 그럼 첫 번째 질문에 대한 선생님 생각을 이야기해 볼게. 사람은 자신이 원하는 것을 얻지 못했을 때, 그것을 다른 사람에게 베풀면 마음이 풀리는 특성이 있단다. 평생 가난해서 공부할 기회를 놓치고, 자식에게 학비 대 주기도 어려웠던 김밥집 할머니께서 대학교에 큰돈을 기부하는 것도 그런 경우이고, 어려운 아동들을 돌보는 분 중에는 자신이 그런 어려운 아동이었던 분이 많은 것도 그런 경우란다. 그러니까 사람들에게서 소외감을 느꼈던 너는 건물을 멋지게 설계하고 그 안에서 지내는 사람들이 서로 사이좋게 편안함을 느끼면서 살아가는 모습을 보고 만족감을 느끼면서 너의 응어리진 마음을 풀 수 있을 거야. 일을 중심으로 동료들을 만나면 일정한 거리도 유지될 것이고 말이야. 그래서 사람과 거리를 두면서도 사람과 잘 지낼 수 있는 건축가란 직업은 너의 적성과 어울린다고 생각해.

두 번째 질문에 대한 선생님 생각은 이렇다. 네 말처럼 네 주변에 오랜 시간을 함께 보낸 사람들은 소중한 친구가 될 수 있지. 네가 살아온 과거에는 소중한 것들이 많이 있는데 말이야. 넌 현실과 앞날에만 집중한 나머지 과거를 잊고 살아가는 것은 아닐까? 하고 생각하게 되네."

"선생님 말씀을 듣고 보니까 중학교 친구들과 오래 연락을 안 했다는 생각이 드네요."

"그렇구나. 그렇다면 어쩌면 태현이의 문제는 새롭게 만나는 것과의 관계가 아니라 지나온 것들과 잘 헤어지지 못한 거로구나."

"잘 헤어지지 못했다고요?"

"그래. 중학교 때 친구들과 헤어지기가 싫은 마음이 너무 깊어서 아예 생각을 하지 않고 지냈는지도 모르겠다. 그래서 새로운 친구들에게 집중했던 것이고 말이야. 태현아, 앞으로도 너는 수많은 이별을 경험하게 될 거야. 그런데 헤어진다는 것은, 사라지거나 단절되는 것들이 아니란다. 이별은 서로에게 그리움으로 남는 것이고, 만나고 싶은 사람은 언제든지 다시 만날 수도 있다는 기대를 하면서 살아갔으면 좋겠어, 태현아. 중학교 잠시 잊었던 중학교 친구들에게 연락을 하면 어떨까? 그리고 요즘 너의 고민을 그 친구들과 이야기를 해보면 어떤 답이 나오지 않을까?"

상담 다음 주. 교내 건축대회에서 금상을 수상한 태현이. 수상 소감을 이야기하라고 자리를 마련해주신 태현이 담임 선생님. 선생님은 태현이에게 혹시 친구들에게 하고 싶은 말이 있으면 이 기회에 다 해보라고 하셨다. 상담을 마치면서 나는 태현이에게 양해를 구하고 담임 선생님께 태현이가 마음 풀 자리를 마련해주시면 감사하겠다고 부탁을 드렸었다.

　태현이는 친구들 앞에서 그동안 자신이 경험했던 이야기를 가감 없이 했다. 중학교 동창들에게 이야기했다가 야단만 신나게 맞았다는 이야기를 웃으면서 했다. 또 중학교 친구들이 이렇게 말하라고 했다고 했단다. '나, 너희들이랑 친구로 지내고 싶어. 좋은 이야기만 하지 않아도 괜찮아. 서로 욕하고 흉봐도 헤어지지 않는 친구로 지내고 싶어. 진심이야.' 눈물을 흘리면서 이야기하는 태현이를 바라보던 친구들이 파이팅을 외치고 달려 나와 태현이를 안아주었다고 한다. 아마 그들도 다 외로운 '태현이'였기 때문일 것이다.

# 진로 검사

유용한 진로 검사가 많이 있어. 객관적으로 적성에 맞는 직업과 공부 방법, 관련된 대학 학과까지 자세히 안내를 해주기도 하지. 우리는 검사 결과를 보면서 자신의 점수가 가장 높게 나온 부분에 집중하게 되잖아. 그런데 넌 아주 낮게 나온 점수의 의미에 대해 생각해 본 적 있니?

나는 고등학교 때 지능 검사에서 언어 영역 점수가 높았고, 수리 영역 점수가 아주 낮았어. 수학을 싫어하지는 않았어. 흥미도 있었고, 잘하고 싶은 마음도 컸어. 그런데 아무리 노력을 해도 점수가 나오지 않는 거야. 칠판에서 문제를 풀 때도 자주 틀렸어. 선생님께 야단맞고 자리에 돌아올 때는 친구들이 비웃는 것 같아서 고개도 못 들었어. 이런 과정을 반복하면서 나는 수학을 점점 멀리하게 되었어.

내 친구 중에 수학을 잘하는 친구가 있었어. 그런데 이 친구는 말을 잘 못해. 검사 결과가 나온 날 담임 선생님께서 우리를 짝으로 지내게 하셨어. 그 친구와 나는 지금까지 친하게 지내. 그날 이후 나는 수학에 대한 두려움이 없어졌어. 모르면 그 친구에게 물어보면 되니까 말이야. 나는 수학을 잘 못하는 덕분에 좋은 친구가 생겼어.

세상은 그래. 자신의 약점 반대편에는 늘 선물이 있어. 검사지에 있는 점수에 갇혀 있지 않기를 바랄게. 그 점수의 의미와 숨어 있는 사연을 생각하면서 너의 삶에 긍정적으로 반영하는 능력자가 되길 바랄게.

친구와 세상을 함께 만들어 가기로
마음 먹은 영상 제작자

5월을 잔인한 계절이라고 부르고 싶다. 적어도 1학기 중간고사가 끝난 직후나 결과가 나온 날 교실 풍경을 보면 그런 마음이 생긴다. 내가 근무하는 학교는 자율형사립고등학교여서 중학교 때 나름 성적이 좋았던 친구들이 많다. 하지만 중학교 때 최고의 자리에서 트로피를 들어 올렸던 1학년 친구들일수록 중간고사가 끝나면 표정이 어둡고 어두운 친구들이 많다. 충고하기도 하고, 달래보기도 하는 교사들의 얼굴은 외면한 채 창밖을 보거나, 학생들은 한숨을 쉬거나, 책상만 바라본다. 책상 위에는 책이 없거나 전 수업시간 교재가 놓여있다. 아니, 어쩌면 1교시에 꺼낸 책으로 하루를 보냈을지도 모르겠다.

그날 상담실에 온 명휘도 그런 친구 중 하나였다. 명휘는 국제중학교 출신이다. 중학교 때 수학 천재라는 소리도 들었다. 국제중학교를 졸업하면서 과학고등학교에 진학하려 했으나 뜻대로 되지 않아 자율형사립고인 우리 학교에 입학한 학생이다.

"선생님. 이 점수로 어느 대학 갈 수 있어요?"

잔뜩 화가 난 표정으로 따지듯이 말하며 내게 내미는 명휘의 손에는 성적표가 들려 있었다.

"글쎄…."

"선생님도 이제 겨우 1학년 1학기 중간고사가 끝났는데, 너무 성급한 질문이라고 생각하세요? 제가 공부하기 싫어서 너무 결과를 빨리 알고 싶다고 생각하세요? 대학 입학을 위해선 수능을 잘 보면 되는 정시도 있는데 어린애처럼 칭얼거린다고 생각하세요?"

명휘의 목소리에는 울음이 배어 있었다. 억울하고, 길이 안 보여서 답답해하는 마음이 보였다.

"글쎄⋯."

"선생님. 말씀해 주세요. 제가 정말 성급하고 공부하기 싫어서 그런지 말씀해 주세요. 저는 왜 그런지 잘 모르겠어요."

"그래. 그렇게 물어봐야지. 질문 잘했다. 어느 대학에 갈 수 있냐는 것보다 네 마음이 우선이지. 음⋯. 선생님은 명휘가 성급하게 생각하는 것이 아니라 오히려 늦게 알아차렸다는 생각이 드네. 그것도 아주 많이⋯⋯."

"예?"

"아주 오래전부터, 그러니까 중학교 1학년, 어쩌면 초등학교 저학년부터 여기까지 달려오느라고 지쳐버린 것은 아닐까? 원하는 과학고로 진학하지 못한 중3 겨울 방학 때, 너의 에너지는 다 빠져버린 것인지도 모르겠다. 너도 모르는 상태로 말이야. 인정하기 싫어서 그 마음을 외면하고 있을지도 모르고 말이야. 그나마 얼마 남아 있지 않은 힘을 다 짜내서 고등학교 중간고사를 치렀을지도 몰라. 하지만 결과는 너의 기대에 못 미치고…. 그래서 이 지겨운 싸움을 이젠 끝내고 싶어서, 만족스럽지 않은 중간고사 성적으로라도 대학에 가고 싶은 마음이 생겼을지도 모르겠다. 아니, 어쩌면 너 자신에게 실망해서 자신을 저 바닥으로 던져버리고 싶은 마음이 생겼을 수도 있겠다. 명휘야. 너 지금 너무 지쳐 보여."

차마 명휘의 눈을 마주 볼 수 없었다. 눈물을 흘리는 그 친구에게 교사로서, 어른으로서, 부모로서, 미안해서 고개를 숙인 채 말했다. 그러나 차분하고 냉정하게 말해야 했다. 교사는 참 힘든 직업이다. 고개를 들어보니 명휘는 책상에 엎드린 채 흐느끼고 있었다. 가만히 그 친구의 등을 도닥도닥 다독였다. 그렇게 첫 상담은 끝났다.

한 주가 지난 후 명휘가 다시 상담실로 들어섰다. 한결 밝아진 표정으로 진지하게 이야기했다.

"선생님. 여기가 출발점이라고 생각하고 다시 시작하고 싶어요. 어떻게 하면 될까요?"

"아직 살아 있네! 좋다! 아, 좋다! 선생님도 지난 일주일 동안 곰곰 생각해 봤어. 그래서 내린 결론인데 말이야. 네가 다시 시작하기 위해 정해야 할 것은 출발점이 아니라 목표지점이 아닐까 하는 결론을 내리게 되었어. 목표를 너무 멀리, 그리고 미리 잡은 것이 문제가 아닐까? 작은 목표를 정하고 그것을 하나씩 이뤄나가는 것이 순서가 아닐까? 하는 생각을 하게 되었어. 선생님은 오늘 면접 귀신이란 별명을 가졌던 너의 선배 이야기를 하고 싶다."

정동현. 고3 때 우리 반 학생. 문과 전체에서 늘 최상위권을 유지했던 친구. 말과 글은 전국 1% 수준이어서 수상 경력도 화려했던 우리 학교의 자랑. 면접 귀신이라는 별명이 붙을 정도로 교사보다 면접에 대해 잘 알아서 교내 모의 면접 때 친구들을 지도한 경험까지 있던 동현이가 두 곳 대학에 면접을 보게 되어 있었다. 한 곳은 동현이 성적에 맞는 대학이었고, 다른 대학은 동현이 성적으로는 굳이 지원할 필요가 없는 대학이었다. 진학하고 싶은 대학 면접을 위해 연습하려고 다른 대학에 지원했다는 동현이의 말을 듣고, 나는 교만하지 않기를 바란다고 충고했다. 동현이는 두 대학 모두 여유 있게 합격하고, 원래 가고 싶었던 대학으로 진학하였다. 그리고 세월이 흘러 대학원에 입학하게 되었다고 인사를 하러 왔다.

열아홉 담장을 뛰어넘는 아이들 – 친구와 세상을 함께 만들어 가기로 마음 먹은 영상 제작자

"연습 삼아 면접 본 대학 교수님께서 다른 대학과 우리 대학 모두 합격하면 어디로 갈 것이냐는 질문을 하셨어요. 저는 교수님이 엄하게 야단치듯이 말씀하실 줄 알았어요. 질문은 예상했던 것이었지만 교수님의 표정은 제가 예상했던 것과는 달리 빙그레 웃고 계셨어요. 저는 준비했던 대로 저를 잘 키워 줄 수 있는 대학으로 진학할 것이라고 공격적으로 말하려 했어요.

그런데 그 교수님 인상이 너무 좋으셔서 솔직한 제 심정을 말씀드려야겠다고 궤도를 수정해서 대답했어요. 일단 기쁜 상상을 하게 해 주셔서 감사하다는 인사를 드렸어요. 그리고 두 대학 모두 합격하면 그때 생각해 보겠다고 말씀드렸어요. 합격한 후 두 대학 홈페이지도 살펴보고, 주변 선배도 만나보고, 선생님들과도 다시 상담해서 결정하겠다고 했어요. 교수님께서 왜 그렇게 생각하느냐고 꼬리 질문을 하셨어요. 그래서 제가 명대사를 날렸죠. 저는 사람복이 많은 것 같다고 말씀드리고 이렇게 대답했어요. 우리 담임 선생님께서 저에게 늘 너무 멀리, 너무 빨리 생각하지 말라고, 그날그날에 최선을 다하라고 하셨다고요. 미래는 소중한 것이지만 미래의 노예가 되는 삶은 살지 말라고 하셨다고요. 그리고 마지막으로 교수님을 뵈니까 꼭 우리 담임 선생님을 뵙는 것 같아서 기분이 편안하다고 말씀드렸어요.

면접은 그렇게 즐겁게 끝났는데요, 좀 아쉬웠어요. 그 교수님 수업을 듣고 싶은 마음이 생겼거든요. 그런데요, 선생님. 제가 올해 우리 대학 대학원 석사과정에 들어가는데요. 그 교수님께서 우리 학교에 오셨고 심지어 제 지도교수님이 되신 거예요. 교수님께서 제게 밥을 사 주시면서 그러셨어요. '정군! 우리 일단 오늘만 살자고! 하하!' 선생님. 모두 선생님 덕분이에요. 감사해요."

명휘는 내가 하는 이야기의 의미를 알고 있었다. 대학 입학에 앞서 고등학교 생활, 그리고 일단 이번 당장 눈앞에 있는 기말고사부터 충실히 준비했으면 좋겠다는 내 마음까지 알아차렸다. 아마 명석한 그 아이는 상담실에 오기 전부터 그 생각을 하고 있었는지도 모른다.

"그런데 명휘야. 뭐 하나 물어보자. 네 방이나 책상 위는 정리가 잘 되어 있는 편이니?"

"아니요. 엄마한테 매일 혼나요. 저도 잘 정리하고 싶은데…"

"그렇구나. 자존심과 독립 정신이 강한 사람은 세상을 자기가 지배하고 싶어 한단다. 최소한 세상에 지지 않기를 원한단다. 그래서 이기지 못할 것 같은 어떤 일은 아예 시도하지 않고 그냥 바라보기만 할 때가 있단다. 명휘에게는 그런 성향이 있는가 보다. 어쩌면 너도 처음에는 방을 정리하고 싶었지만, 우선순위에서 밀려서 방을 어지러운 상태로 놔두게 되었는지도 모르겠다. 제대로 하지 못할 바에야 아예 안 하는 게 낫겠다는 생각, 그러니까 완벽주의 비슷한 것이 너에게 있는 것 같다. 마치 대학 입학을 미리 생각했던 네 마음처럼 말이야.

자! 선생님이 숙제를 박명휘에게 낸다! 하루에 한 번씩 책상 한 군데를 정리하는 시간 갖기. 예를 들면 오늘은 책상 위만 정리하고, 내일은 책상 맨 위 서랍만 정리하는 식으로 말이야."

"예, 선생님. 그렇게 해볼게요. 그런데 선생님, 그게 공부랑 무슨 상관이 있어요?"

"명휘는 작은 것부터 하나하나 실천하고 즐거움을 느끼는 연습의 시간이 필요한 것 같다. 공부와 생활은 따로 떨어져 있는 것이 아니거든. 네가 책상 정리를 하는 것, 그것도 공부하는 것과 같은 거란다. 운동할 때 기초체력을 키우는 것하고 비슷하다고 생각해도 좋겠다."

명휘와 몇 번의 상담을 더 하면서 한 달이 흘렀다. 명휘 어머니께서 학교에 오셨다.

"선생님. 명휘가 많이 달라져서 감사하다는 말씀을 드리러 왔어요. 제가 욕심이 과해서 중학교 때까지 아이를 들볶았어요.

명휘는 늦둥이예요. 그래서 저도 나이가 좀 있어요. 그래서 그런지 이젠 명휘 교육에 힘이 좀 부치네요. 점점 명휘에게 화를 많이 냈어요. 그런데 지난주에 명휘가 저와 명휘 아빠 어깨를 주물러 주면서 감사하다는 인사를 했어요. 조금 어색해서 괜찮다고 했더니, 숙제라나요. 이렇게 안 하면 선생님께 야단맞고, 이렇게 하면 칭찬 스티커를 다섯 개 받는다고 하더라고요. 그 말을 듣고 눈물이 핑 돌았어요. 유치원부터 초등학교까지 이 아이가 어떤 시간을 보냈는지를 생각해 보았어요. 꼬마들이나 좋아하는 칭찬 스티커를 고등학교 1학년 놈이 좋아하는 것을 보고 에미가 되어서 아들의 어린 시절을 빼앗아 갔구나 하고…. 선생님, 이제 제가 어떻게 하면 될까요?"

가난한 집안의 큰딸로 책임질 일이 많았던, 명휘 어머니. 친정 남동생을 공부시키고 사업을 하시는 명휘 아버지 때문에 집안의 경제적 부분을 책임져야 했던, 어머니. 지금까지 잘 감당해 왔지만 이제는 지쳐버린, 어머니. 명휘와 마찬가지로 어머니도 심리적 소진 상황에 놓여있었다. 그럼에도 제대로 해보려는 어머니의 마음이 애잔하면서도 아름다웠다.

"어머니. 지금부터 함께 가시죠. 명휘는 어머니의 아들이기도 하지만 학교에서는 선생님들의 아들이기도 합니다. 함께 애를 써보죠. 그리고 우리 학교 졸업생 중 꽤 멋있는 친구들이 많이 있습니다. 명휘의 좋은 멘토가 되어줄 선배와 자리를 마련해 보려고 하는데, 괜찮으세요?"

일주일 후 명휘, 명휘 어머니, 나, 면접 귀신 동현이, 이렇게 네 사람이 만났다. 나는 주로 듣기만 하고 세 사람이 이야기를 나눴다. 교사는 학생과 학부모를 세상과 만날 수 있도록 중매쟁이 역할을 해야 할 때가 있다. 웃음과 진지함이 계속 이어진 대화는 두 끼의 식사를 하고 나서야 매듭지었다.


한 달 후 명휘네 반 수업 시간. 기말고사를 마치고 반별 배구 시합에서 명휘네 반이 우승했다. 담임 선생님이 쏜 아이스크림을 먹으며 반 아이들은 기분이 한껏 들떠 있었다. 학급 회장이 나에게도 아이스크림을 건넸다.

"땡큐! 3반 축하한다! 야, 그런데 예선전 보니까 우승할 정도의 실력은 아니던데, 죽어라고 연습했나 보다. 결승전에는 펄펄 날아다니더라."

"저희가 연습을 열심히 하기도 했지만, 우리 반에는 아주 특별한 분석관이 있어요. 그 친구 덕분에 우승할 수 있었어요."

반 아이들이 모두 웃으며 명휘를 바라보았다. 명휘는 예선전부터 시합 장면은 물론 연습하는 장면까지 모두 휴대 전화로 찍었다고 한다. 선수들은 그 영상을 돌려보면서 자신들이 주의해야 할 사항과 강력하게 밀고 나가야 할 동작인지 무엇인지 알게 되었다고 한다. 그 과정에서 명휘의 조언도 큰 도움이 되었다고 한다.

위기 상황도 있었다고 한다. 다른 반 경기 장면을 촬영하다 그 반 아이들이 명휘에게 화를 내게 되었고, 명휘는 어찌할 바를 몰랐다고 했다. 그때 명휘 반 배구 선수 친구들이 명휘를 보호하고 나서면서 다른 반 친구들과 큰 다툼이 일어날 뻔했다고 한다. 체육 선생님께서 중간에서 말리느라고 애를 먹었다고 한다. 그때 명휘가 소리를 질렀다고 한다.

"너네도 폰으로 찍으면 되잖아. 왜 다 같이 하지 말자고 해? 너네도 하면 되잖아!"

다른 친구들은 명휘의 외치는 소리에 놀랐다고 한다. 명휘는 늘 자기 생각을 또렷하게 말하지 않고 혼자서 무엇이건 조용히 진행했다고 한다. 다행인지 불행인지 그 결과는 꽤 좋은 편이어서 아무도 뭐라고 말하지 못했다고 한다. 그렇게 혼자만의 세계에서 잘 지내는 명휘에게는 틈이 없어서 다른 친구들이 가까이 다가갈 수도 없었다고 한다. 명휘의 외침이 끝나자 같은 반 아이들은 박수를 치고, 다른 반 아이들은 어이없어하는 웃음을 지었다고 한다. 그리고 그 이후부터 다른 반에도 영상 분석관이 등장해서 배구 대회 수준이 한 계단 더 올라가게 되었고 명휘는 친구들과 아주 가까운 사이가 되었다고 했다.

종결 상담을 하는 날. 명휘는 배구 대회 기간에 얻은 것이 많다고 했다. 특히 친구가 생겨서 기분이 좋았다고 했다. 충돌이 있던 그날, 아이러니하게도 명휘는 편안함을 느꼈다고 했다. 자신을 보호해 주면서 다른 반 친구들에게 크게 소리를 지르는 친구들을 보고 학교가 편안한 곳일 수도 있구나! 하는 생각을 하게 되었다고 한다. 친구들을 믿고 크고 자신 있게 소리를 지를 수 있었다고 한다. 그런데 화를 내며 소리를 질러도 다른 사람들을 위해 화를 내고 있는 자신을 보면서 '와! 내가 어른이 되었네!'라는 생각도 하게 되었다고 했다.

아! 명휘에게 이제 친구가 생겼단다! 상담사인 나는 홀가분함을 느꼈다. 나도, 명휘 부모님도, 동현이도 늘 명휘와 함께 할 수는 없었다. 그러나 친구들은 명휘와 평생 삶을 나눌 수 있는 존재들이다. 이제 그 위대한 존재들과 함께 세상을 만들어 나가게 된 명휘에게 이제 상담을 그만 해도 되겠다고 말했다.

그날 이후 명휘의 꿈은 영상 제작자가 되었다. 어느 대학에 진학할 수 있는지에 대해 걱정하기보다 영상 제작과 관계된 책을 읽고, 영상을 보고, 전시회를 다니면서 그 내용을 수업 시간 교과와 연결하여 발표하곤 했다. 덕분에 명휘의 생활기록부는 꽤 풍성하게 채워졌다. 나와의 상담보다 면접 귀신 동현이와 만남이 명휘에게 더 큰 영향을 미친 듯하다. 나를 만나면 이야기 속에 꼭 동현이가 해 줬던 말들을 담곤 하였다. 그 이야기를 듣는 나는 흐뭇한 질투심을 느끼면서 이 감정을 자주 오래 느꼈으면 하는 소망을 품어 보았다.

# 내일은 내일의 태양이 뜬다

〈바람과 함께 사라지다〉에서 주인공 스칼렛은 온갖 시련을 겪고 난 뒤 "내일은 내일의 태양이 뜬다"라고 말했단다. 중학교 때 성적이 좋았던 친구들이 고등학교에 와서 성적이 떨어지는 상황을 견디지 못 하고 날카로워지거나 우울하게 지내는 것을 자주 보곤 해. 선생님 학창 시절, 그러니까 1970, 80년대에는 휴대폰이 없었다는 사실 알고 있니? 유튜브도, 인터넷으로 물건을 사고파는 시스템도 없었어. 자율주행차, 인공지능은 만화나 공상과학 소설에서만 가끔 볼 수 있었어. SNS가 뭔지도 몰랐어. 지금은 알지만 그때는 잘 몰랐어. 너의 미래도 그럴 거야. 미래에 네가 어떤 것과 관련된 일을 하게 될지 아직은 잘 모를 수도 있어.

친구야. 아직은 실패했다고 판단하기에 애매모호한 시간이야. 네가 좌절하고 있는 그 상황을 너는 미래를 향한 에너지라고 생각할 수 있기를 바랄게. 그렇게 하려면 두 가지가 필요하단다. 그중 하나는 네 주변에 있는 친구야. 학업에 집중하느라 소홀했던 친구들과의 관계에 대해 생각해 보길 바랄게.

다른 하나는 시간이야. 시간은 위대한 상담사이거든. 조금만 천천히 가렴. 쉬엄쉬엄 가면서 네 주변을 둘러보고 오늘 하루에 집중해 보길 바랄게. 그렇게 지내다 보면 너는 새로운 태양이 떠오르는 아침을 만나게 될 거야.

이강인 선수처럼 세상을 살아갈
스포츠 통계학자

보현이가 고개를 들지 못하고 있다. 마주 앉은 내 앞에는 보현이가 1학기 기말고사를 위해 짰던 계획표가 놓여 있다. 참 정성스럽게 작성했고, 계획대로 잘 실천했다는 내용도 가지런히 적혀 있다.

"선생님. 이번 기말고사 열심히 준비했거든요. 선생님이랑 함께 검사한 학습 전략 분석지 결과를 보면서 제 공부 약점도 보완하기 위해 계획도 철저하게 세웠어요. 선생님 말씀해 주신 거 참고해서 플래너도 밤새워 작성했어요. 전부는 아니지만 90% 이상 실천했고요. 그런데요, 선생님. 성적이 안 올랐어요. 정말 열심히 했는데…. 이젠 어떻게 해야 할지 모르겠어요."

성적이 오르지 않은 것은 세 번째 문제였다. 첫 번째 문제는 보현이의 마음에 가득 차 있는 '억울함'이었다. 최선을 다했는데 인정받지 못한다는 것은 청춘들에게는 무척이나 아픈 감정이다. 두 번째 문제는 '불안'이었다. 자신이 할 수 있는 걸 다 했는데도 원하는 결과가 나오지 않는다는 것은 새로운 세상을 준비하는 학생들에게 엄청난 불안감을 느끼게 하는 일이다. 우선 보현이와 함께 그 두 가지에 관한 이야기를 나눠야 했다.

"신보현! 고개 들어! 잘못한 것도 없는데 왜 울고 있어! 사나이가 당당해야지!"

보현이의 젖은 눈에는 나를 원망하는 표정이 보였다. 중간고사

후 상담했을 때, 내가 제시한 공부 방법에 관해 듣고, 의욕에 찬 표정으로 상담실을 나서던 보현이의 얼굴이 떠올랐다. 나는 보현이의 뺨을 두 손으로 감싸고 눈에 힘을 주고 조용히 말했다.

"아직 게임 안 끝났어! 우린 절대 지지 않아! 아직 게임 안 끝났어! 우린 절대 지지 않아!"

그 이야기는 보현이가 가장 좋아하는 이강인 선수가 카타르 월드컵 가나전 후반전에 교체 출전되고 '막내형'이라는 별칭답게 선배들을 격려하기 위해 외친 소리였다. 그 경기는 3대 2로 졌지만, 잘 싸웠다는 박수를 한껏 받은 멋진 경기였다. 보현이가 나에게 그 이야기를 신이 나서 해준 적이 있었다.

보현이가 조그맣게 따라 하기 시작했다. 나는 소리를 점점 더 크게 했고, 보현이도 소리를 점점 더 크게 내더니 나중에는 고래고래 질러가며 욕설까지 섞어 외치기 시작했다.

"게임 안 끝났어! 절대 지지 않아!"

두 남자는 자리에서 일어나 한참을 그렇게 외쳤다. 그리고 서로를 향해 씽긋 웃으며 하이 파이브를 나누고 자리에 앉았다.

"계획도 짜보고 눈물도 흘려봤으니 준비 운동은 그만하면 되었고, 2학년 1학기 끝났으니 전반전 끝났네. 이제 후반전 시작해야지. 이제 제대로 한 번 경기 해야 할 시간이 되었다. 그렇지?"

나는 보현이와 함께 여름 방학 계획을 오후 내내 짰다. 무지막지한 계획표였다. 할 수 있겠냐는 나의 질문에 보현이는 나름대로 근거를 대며 실천 가능성에 관해 이야기했다. 비교적 타당한 이야기들이 대부분이었다. 작성한 계획표를 연두색 종이에 인쇄해서 고운 봉투에 넣어주었다. 그리고 카톡으로 계획표와 학습 자료들을 보내주었다. 목표는 9월 모의고사 평균 등급 한 등급 올리기였다.

억울함은 결과에서 느껴지는 감정인데 아직 보현이는 과정 중에 있다는 것을 알려주고 싶었다. 성적은 4등급이지만 계획을 실천하는 힘만큼은 1등급인 보현이가 자신이 헛된 노력을 하고 있지 않다는 것을 여름 방학 동안 알게 되었으면 하는, 그래서 최선을 다하는 것이 그리 억울한 일이 아니란 것을 알았으면 했다. 불안한 마음은 '일단 미루기' 작전을 사용하기로 했다. 성적 결과가 나온 후에 불안한 마음을 풀어주기로 마음먹었다. 성적은 종착점이 아니고 그것은 새로운 세상을 향해 나갈 때 나에게 주어진 차표와 같은 것임을 알 수 있도록, 나는 계획을 세워야 했다. 그것은 계획인 동시에 간절한 기도가 필요한 영역이기도 했다.

여름 방학을 마치고 9월 모의고사를 치렀다. 보현이는 목표를 달성했다.

"수리 영역에서 두 문제를 찍었는데 그게 모두 맞아서 간신히 평균 등급이 3등급이 되었어요. 헤헤."

"이런! 이번에는 찍기의 신께서 너의 편이 되어주셨구나. 하하."

"그런데요, 선생님. 이번 여름 방학 때 제 계획표만이 아니고 제 동생이랑 친구 계획표도 제가 짜줬거든요. 그러면서 제가 계획을 짜는 것에 흥미를 느끼고 있다는 것을 알게 되었어요. 계획표를 짜는 일을 하면서 사는 직업이 뭐가 있을까요?"

"동생이랑 친구 계획표 짤 때 어떤 순서로 했니?"

"우선 이야기를 쭉 들었어요. 선생님께서 주신 검사지도 사용했어요. 그리고 일단 그 계획대로 3일 정도 해보고, 다시 수정했어요. 일방적으로 저 혼자 하지 않고 같이 했어요."

"이런, 선생님보다 한 수 위의 플래너가 여기 계셨네. 우리 보현이는 상황 분석도 잘하고 다른 이의 입장에서 문제를 해결하려는 공감 능력도 있네. 단순히 계획을 잘 짜는 분이 아니시네."

보현이가 가볍게 웃었고 우리 사이엔 잠시 침묵이 흘렀다.

"보현아, 여름 방학 전에 상담할 때 너 울었잖아. 그 눈물이 너에게 큰 선물한 거 같다. 그때 느꼈던 억울하고 불안한 마음이 너에게 행복한 미래를 구체적으로 생각하게 한 것 같다. 성적 한 등급 올린 것과는 비교할 수 없는 선물을 받았네."

"선생님. 죄송한데요. 조금만 구체적으로 말씀해 주실 수 있으세요."

"억울해서 나랑 깊이 상담했잖아. 그 덕분에 성적도 오르고, 계획도 잘 짜는 너 자신을 발견하고, 친구와 동생에게 도움도 줄 수 있었지. 이 정도면 가끔은 억울한 것도 괜찮겠다. 그렇지 않니?"

보현이가 애매하게 미소 지었다. 나는 감정에 관한 이야기를 더 진행하지 않고 현실적인 생각을 보현이에게 말했다.

"너는 통계학과에 진학하면 괜찮을 것 같아. 지금까지 너랑 상담한 내용을 바탕으로 너의 적성과 소질을 보면 말이야. 성적도 무난하고 말이야. 선생님이 생각하기에 보현이는 멋진 통계학자가 될 수 있을 것 같다."

"어? 담임 선생님도 비슷한 말씀 하셨어요. 저도 그 쪽에 관심이 있고요. 그런데 한 가지 걱정이 있어요. 아시다시피 제가 축구 동아리를 하고 있잖아요. 축구 동아리는 통계학과와 관련이 없어서 수시 지원할 때 별로 도움이 되지 않을까 걱정되네요. 3학년에 올라가서 동아리를 바꿔도 될까요?"

"너 축구 동아리 활동할 때 뭐가 제일 재미있니?"

"축구 시합할 때가 제일 재미있어요. 작전 짤 때도 재미있고요. 선수들을 어느 위치에 보내면 좋은지, 다른 반 선수들은 어떻게 대하면 좋은지, 그동안 관찰한 자료를 바탕으로 통계를 내서…
아! 그러고 보니 제가 축구할 때도 통계를 사용하고 있었네요."

"네가 답을 스스로 찾은 것 같다. 보현아. 너 미래에 스포츠
통계학자가 되면 어떻겠니? 보현이 정도면 단순히 통계를 내는
것이 아니라 선수들과 그 팀의 능력을 최대한으로 끌어올리기 위
해서 철저하게 분석하고 신중하게 적용하는 스포츠 통계학자가
될 수 있을 것 같은데. 그러니까 말하자면 '머리는 차갑고 가슴은
따뜻한 통계학자'가 될 수 있을 것 같은데."

보현이가 잠시 멍하니 있다가 초점을 잃은 눈으로 가만히 나
를 바라보다가 길게 숨을 내쉬었다. 성적이 올라도 최상위권으로
갈 수 없을 것 같아 늘 불안했다고 했다. 또 성적이 올라도 그다
음은 어디로 가야 할지 잘 결정할 수 없었다고 했다. 마치 안개
속에서 두꺼운 유리 벽을 온몸으로 밀고 가는 것 같았다고 했다.
그런데 지금은 뭔가 구체적인 것을 손에 잡은 것 같아 묘한 기분
이 든다고 했다.

"보현이는 두 사람에게 고마워했으면 좋겠다. 우선 이강인
선수. 선생님이 판단하기에 이강인 선수는 축구를 마음과 몸, 그
리고 너와 내가 함께 모여서 하는 운동이라고 생각하는 선수 같
아. 그래서 항상 경기할 때 운동장 전체를 살피는 넓은 시야를 갖

고, 동료 선수들을 격려하고, 선수들만으로 부족할 때는 관중들에게 응원을 요청하기도 하고 말이야. 선생님이 보기에 너와 이강인 선수는 닮은 점이 참 많아. 그리고 두 번째로 고마움을 느껴야 할 사람은 지난 1학기 중간고사 이후 엄청나게 노력하면서 힘들어했던 신보현, 바로 너야. 그 친구 덕분에 오늘 선생님과 이런저런 행복한 이야기를 나눌 수 있게 된 거잖아. 그러니까 오늘 네가 힘들고 억울하고 불안해도 너는 너에게 늘 고마워하길 바란다. 미래의 행복한 너를 위해 오늘 네가 애써주고 있는 거잖아."

보현이가 다시 고개를 숙였다. 또 울기 시작했다. 그렇게 한참을 울다가 고개를 들었다.

"선생님. 죄송해요. 남자가 울면 안 되는데, 저 지난 학기에 진짜 힘들었거든요."

"괜찮아. 그랬구나. 괜찮아. 울어도 괜찮아."

"선생님. 저 천천히, 열심히 할게요. 대학에 가야 하는데 축구 동아리를 해서 부모님께 늘 죄송했는데, 이젠 그 마음에서도 벗어날 수 있게 된 것 같아요. 선생님 고맙습니다."

자신이 갖고 있는 아름다운 연장들을 제대로 사용하게 된 제자를 바라보는, 그 친구가 가꾸어 나갈 멋진 운동장을 상상하는, 나는 행복했다.

# 외사랑

지금 먹먹하니? 길이 보이지 않니? 걸어온 길은 보이는데 앞으로 나아갈 길은 보이지 않니? 거친 파도가 내려다보이는 절벽 위에 서 있는 기분이니? 이럴 때는 뒤에 따라오던 친구가 "하늘로 날아오르지 않고 뭐해? 네 등에 있는 날개를 펴 봐. 왜 지금까지 걸어온 방법으로만 가려고 해. 하늘길도 너의 길이잖아"라고 이야기해 주는 행운과 만날 수도 있지.

하지만 그런 경우가 일상에서는 흔하게 일어나지는 않는다는 것이 우리를 슬프게 하지. 길이 보이지 않을 때는, 잠시 멈추고 호흡 가다듬은 뒤에 늘 너와 함께 있었던 사람, 즐겁게 지냈던 어떤 상황들에 관해 생각해 보기를 권해.

'자신을 사랑하지 않는 사람을 일방적으로 사랑하는 일'을 '외사랑'이라고 한단다. 네 옆에 있으면서 한결같이 응원해 주었던 사람, 또는 너에게 즐거움과 편안함을 주었던 시간들. 그 존재들은 지금 너에게 외사랑을 보내고 있을지 몰라.

오늘은 그저 평범하게만 보였던 사소한 너의 일상과 외사랑이 아닌 서로 사랑하는 시간을 가져보길 바랄게. 사소한 일상과 너의 꿈을 어떻게 연결할 수 있을지 생각해 보렴. 생각을 정리하기 어려우면 주변 사람들과 의논도 해보고 말이야. 친구야 너는 부족하고 외로운 존재가 아니야. 가진 것이 참 많은 사람이야. 너의 보물에 묻은 먼지를 털어내고 잘 닦고 다듬는 시간을 가져보길 바랄게.

무한 질주하고 싶은
자동차 공학자의 길 찾기

"선생님, 제 말 잘 들어보세요. 아이들이 저를 아우토반이라고 부르잖아요. 그런데 거기까지가 그 자식들 한계에요. 아마추어란 이야기죠. '아우토반'은 독일어로 고속도로 전체를 말하는 것이에요. 아우토반 중에서 제한속도가 무제한인 자동차 전용도로는 '크라프트파르슈트라세'라고 해요. 그러니까 정확히 말하면 저의 별명은 '크라프트파르슈트라세'라고 불러야 맞죠. 선생님도 잘 아시고 제 별명을 불러주세요."

"아. 예, 예. 선생님이 별명 한 번 잘못 불렀다가 원근이에게 톡톡히 가르침을 받는구나. 덕분에 선생님도 하나 알았다. 그런데 왜 왔니?"

"저는 이다음에 카레이서가 되는 게 꿈이에요. 다른 사람과 경쟁해서 이기고 싶고, 그 누구보다 가장 빨리 달리는 사람이 되고 싶어요. 그러니까 사람보다는 속도와 경쟁하고 싶은 거죠. 빨리 달리는 차를 만들고도 싶고요. 그래서 자동차공학과로 진학하고 싶은데 여기저기 찾아보니까 생각보다 몇 군데 학교밖에 없어서 어떻게 하면 되는지 여쭤보러 왔어요."

"그렇구나. 요즘 자동차공학과를 모빌리티학과로 이름을 바꾼 대학들이 많아졌어. 모빌리티학과도 함께 검색하면 도움이 될 거야."

자동차공학과 관련한 학과가 있는 대학을 원근이와 함께 검색하고 필요한 자료들을 인쇄해서 이야기를 나누고 있을 때 원근이 같은 반 친구들이 상담실로 들어왔다. 친구들은 원근이를 보면서 반갑게 손을 흔들며 인사했지만 원근이는 잔뜩 긴장된 상태로 친구들을 외면하면서 자료를 급히 챙겨 들고는 인사도 하지 않고 상담실을 나갔다. 그 모습이 마치 적진지를 향해 빠르게 날아가는 미사일 같았다. 남아 있던 친구들이 나에게 미안한 표정을 지었다.

무한 질주하고 싶은 마음이 가득한 원근이는, 진로 수업 시간에 자신은 일단 군대에 가서 무엇이 되었건 가장 빠른 교통수단을 운전하는 것이 꿈이라고 했다. 가능하다면 북극에 가서 쇄빙선도 운전해 보고 싶다고 했다. 전쟁터에서나 얼음 바다에서나 방해되는 것은 다 물리쳐 나가는 일을 하고 싶다고 하였다. 그러기 위해선 전투력을 길러야 해서 팬티도 군용 팬티만 입고 다닌다고 하였다. 만화 그리기가 취미인 원근이가 그린 만화는 폭력적인 내용으로 가득 차 있었다.

원근이는 그런 아이였다. 논리적으로 말을 잘하는 강점도 있었지만, 정서적으로 함께 고민해 봐야 할 부분도 많은 친구. 고등학교 1학년 남학생 유원근. 언제나 화가 난 표정은, 어쩌면 세상이 원근이를 대하는 모습이었을 수도 있었다. 세상이 자신을 향해 화를 내면서 공격하는 것이 무서운 원근이는 진지를 구축하고 자신의 영역에 그 누구도 들어오지 못하게 잔뜩 공격적인 자세를 취하고 있는지도 몰랐다. 원근이의 공격적인 모습은, 그러니까 최선을 다해 수비하고 있는 것일 수도 있겠다는 생각이 들었다. 그 친구의 강점은 그대로 간직한 채 약점을 승화시키는 방법을 찾기 위해 원근이와 꽤 긴 시간 대화를 나눌 필요가 있을 것 같았다.

"선생님. 봉사활동 시간을 채워야 하는데 어떻게 하는 게 제일 빠르고 쉬워요?"

심드렁한 표정을 지으며 원근이가 말했다. 얼굴로 '봉사활동 이런 거 왜 하는지 모르겠어요'라고 이야기하고 있었다.

"아주 쉬운 방법이 있지. 다리 건강한 우리 크·라·프·트·파·르·슈·트·라·세라면 아주 우습게 시간을 획득할 수 있는 봉사활동이 있지!"

더듬더듬 자신의 별명을 불러주는 내 모습이 재미있었는지 원근이가 크게 웃었다.

"그런데 그 봉사활동을 하려면 다른 연습을 해야 하는데 괜찮은지 모르겠다."

"어떤 봉사활동이에요?"

"연습 과정을 다 통과하면 알려주고 싶은데 괜찮겠니?"

"정말 쉬운 거죠?"

그날부터 3일간 나는 원근이와 함께 점심시간마다 10분씩 교정을 거닐었다. 주로 나무들이 많고 학생들이 별로 다니지 않는 구석진 곳을 걸었다. 첫날은 그냥 조용히 나란히 함께 걸었다. 둘째 날은 내가 앞서 걷고 원근이는 뒤에 따라오라고 했다. 그리고 '들리는 소리 종류별로 10개 쓰기'를 과제로 냈다. 눈을 감은 채로 가끔 멈추기도 하고, 서로 다른 의자에 앉아 있기도 했다.

원근이는 진지하게 소리에 집중하였다. 가끔 숨이 가쁜지 크게 한숨을 쉬기도 했다. '운동장에서 아이들 노는 소리, 바람 소리, 내 발소리, 학교 담 너머 차들의 소리, 나뭇잎 떨어지는 소리, 낙엽 바스러지는 소리, 선생님 숨소리, 배에서 나는 꾸르륵 소리, 윙윙대는 벌레 소리, 점심시간을 마치는 예령豫鈴 벨소리.' 원근이는 고1 남학생답지 않게 섬세하게 여러 소리를 듣고, 그것들을 글로 잘 표현했다. 어쩌면 예민하게 주변 상황에 반응하는 성향이 이 아이를 힘들게 하고 있을지도 모르겠다고 나는 생각했다.

셋째 날은 여러 소리를 원근이에게 하는 말로 바꿔서 이야기

하면서 걸어보라고 하였다. 과제를 해결하려 애를 썼지만 원근이
는 어렵다고 하였다. 소리를 듣는 능력은 뛰어났지만, 그 소리의
의미를 깊이 생각하는 것을 불편해하는 모습을 보면서 역시 외부
와 소통하는 것에 어려움을 겪고 있음을 확인할 수 있었다. 이 아
이에게 세상에는 편안하게 소통할 수 있는 곳도 있음을 알 수 있
는 봉사활동을 소개해 줘도 되겠다고 판단하였다.

"그 정도면 연습은 충분히 잘했다. 이번 봉사활동이 봉사 시
간도 채우고 원근이의 강점은 살리고 약점은 보완하는 기회도 되
었으면 좋겠다."

"제 강점과 약점이 뭔데요?"

"네 강점은 우선 말을 참 잘해. 글도 잘 쓰고, 그리고 선생님
이 함께 걸으면서 알게 된 강점은 너는 다른 사물의 소리를 아주
잘 듣는 능력이 있다는 것이야. 아주 뛰어나. 그런데 그 능력이 너
무 뛰어나서 네가 불편할 수도 있을 것 같아. 그래서 약점이 될 수
도 있을 것 같아. 소리가 잘 들리고, 그 뜻이 너에게 불편함을 주
고, 그래서 아예 그 의미를 파악하고 싶지 않고…. 그래서 세 번째
과제를 수행하기가 어려웠던 것 같아…. 그래도 세 번째 과제를
수행하려고 노력하는 그 모습을 보면 또 강점인 것도 같고….

선생님 이야기가 좀 복잡하지? 하하. 오늘은 여기까지만 이

야기하자. 주말에 시간 괜찮니? 선생님이랑 같이 혼자 사시는 할머니께 도시락 배달해 드리는 봉사활동 해보자. 혹시 주말이 어려우면 시간은 같이 조절해 보자. 시간 괜찮니? 봉사활동 하면서 선생님이 이야기한 강점과 약점에 대해 생각해 주면 참 고맙겠다. 하기 싫으면 그냥 봉사활동만 해도 되고. 너무 부담 갖지는 마라."

　　나는 원근이와 함께 산동네에 계신 할머니께 주말마다 도시락을 건네드리는 봉사활동을 했다. 처음에는 3주만 할 계획이었으나 원근이가 더 하고 싶다고 하여 3주 후부터는 원근이 혼자 도시락을 배달했다. 원근이가 도시락을 건네드리는 할머니는 말수가 적으시고 자상하신 분이셨다. 원근이가 어떤 말을 해도 웃으면서 들어주시고 늘 덕담 위주로 대답을 하시는 분이셨다. 덕분에 원근이는 할머니 앞에서는 수다쟁이가 되어 많은 말을 편안하게 했다고 한다.
　　할머니는 속이 안 좋으셔서 된장국에 조금 밥을 말아서 드시기만 했다. 상 위에서 밥을 안 드시고 바닥에서 드셨다. 아들에게 잘못한 죄인이어서 그러신다고 했다. 그래도 아들은 잘 성장해서 미국에서 세탁소를 크게 하고 있다고 자랑하셨다고 한다. 원근이는 그렇게 잘 사는 아들이 있는데 할머니는 왜 이렇게 가난한 쪽 방에서 살고 있을까? 하는 의문이 들기도 했다고 하였다. 할머니께서 잘 못 드시기 때문에 원근이가 들고 간 도시락은 대부분 원근이의 식사가 되었다. 할머니께서는 원근이 밥 먹는 모습을 보는 것을 좋아하셨고, 오히려 이것저것 음식을 챙겨주기도 하셨다고 한다. 죄송한 마음에 원근이도 가끔 어머니께서 싸주시는 음식을 들고 자주 할머니를 찾아뵈었고, 방 청소도 해드리고 집안에 고장난 물건도 고쳐드렸다.

그렇게 원근이는 여섯 달이나 봉사활동을 했다. 할머니의 말씀에서 따뜻한 마음을 읽을 수 있었던 원근이는 다른 사람의 말에 대해 차분히 생각하는 것이 행복할 때도 있다는 것을 깨달았다고 했다. 자신에게 들려오는 여러 소리의 의미를 자신의 것으로 만들지 못한 것이 아니라 만들지 않고 있었다는 것을 알았고, 지나간 시절의 어떤 기억들이 영향을 미쳐서 그랬다는 것도 깨달았다고 했다. 그리고 선생님께서 왜 이 봉사활동을 자신에게 권하셨는지도, 그때는 이해할 수 없었던, 점심시간 함께 걸으면서 선생님께서 말씀하셨던 강점과 약점의 의미도 이해할 수 있게 되었다고 했다.

여섯 달이 지난 후 할머니는 하늘나라로 가셨다. 원근이는 장례식 내내 학교를 마치면 장례식장으로 가고, 마지막 날에는 결석하고 할머니의 장례에 참석하였다.

　나에게 긴 이야기를 하는 동안 원근이의 손에는 종이돈 천 원이 들려 있었다. 할머니께서 빵을 사 먹으라고 주셨던 돈인데 차마 쓸 수가 없어서 간직하고 있었다고 했다. 언젠가 다시 다른 방법으로 돌려드리고 싶었는데 이젠 그럴 수 없게 되었다고 말했다.
　"원근아. 그 돈 잘 간직하고 있어라. 평생 간직했으면 좋겠다. 살다가 결정하기 어려운 일들이 생기면 그 돈을 바라보면서 기준을 잡을 수도 있을 것 같고, 할머니께서 고민하는 너에게 어떤 말씀을 하실지 귀 기울일 수도 있을 것 같다. 할머니께서 원근이에게 참 귀한 선물 주고 가셨네. 다 우리 원근이 복이다."

　그렇게 가을이 가고 겨울이 되고, 기말고사까지 끝나고 겨울방학을 앞둔 어느 날. 원근이와 진학 상담을 하였다.
　"선생님. 자동차공학과로 진학하려는 마음은 변함이 없어요. 무한 질주하고 싶은 마음도 조금 줄어들긴 했지만 여전해요. 다만 몸이 불편한 분들을 편하게 모시는 일을 하거나 그런 차를 만드는 데 도움을 주는 일도 하고 싶어요. 그리고 자동차공학이 의

외로 종합과학이란 것을 알았어요. 친구들하고도 친해졌으니 함께 협동하면서 꿈을 이루고 싶어요."

"그래, 꿈이 풍성해졌구나. 일단 박수를 보낸다. 그런데 우리 현실적인 이야기를 나눠보자. 인공지능 관련 분야들이 빠르게 발전하고 있잖아. 의학 분야도 그렇고, 교통 분야도 그렇고. 그렇다면 말이야. 지금 원근이가 하고 싶은 일들을 인공지능이 다 대체해 버린다면 원근이가 하고 싶은 일을 못 하게 되지 않을까?"

"그럴 수도 있겠네요. 음… 그건 그때 가서 고민해 볼게요."

"그것도 괜찮은 생각이다. 내일 일은 내일 염려해도 괜찮지. 그렇지만 그때 갑자기 생각하고 판단하고 행동하면 어려울 수도 있지 않을까? 지금부터 준비할 필요가 있지 않을까?"

"어떤 준비를 해야 하는데요?"

"그렇게 준비를 하면 된다. 역시 유원근은 똑똑해요!"

"예?"

"지금 질문하는 것처럼 어떤 상황이 닥치면 우선 질문하는 연습을 해보렴. 이런저런 방향에서 질문하는 연습을 해보고, 친구들하고도 함께 질문을 나눠보고, 해결 방법에 대해 또 질문도 해보고 말이야. 그러다 보면 네가 가야 할 길이 보일 거야. 처음에는 아무것도 보이지 않고, 갈 길도 막막하지만, 가끔 길 끝에 가야 보이기 시작하는 길들이 있거든. 가끔은 무한 질주하며 달려가기도 하고 차가운 얼음을 가르고 나가는 쇄빙선처럼 강하게 나가도 괜찮고 말이야."

그건 좀 아니라고 말하며 원근이가 크게 웃었다.

"선생님. 그런데 질문에 대한 답은 누가 해줘요?"

"우리 연습했잖아. 사람과 상황과 사물의 소리를 듣는 연습 많이 했잖아. 주변에서 들려오는 소리가 어떤 의미인지, 또 네 마음이 너에게 뭐라고 말하고 있는지 귀를 기울여 봐라. 대부분은 그게 너와 어울리는 답일 거야. 너무 서두르지는 말고."

원근이는 한동안 말이 없었다. 겉에 보이는 것보다 마음을 읽는 법. 빨리 달리는 것보다 주위를 살피면서 함께 가는 것, 솔직한 내 마음의 소리에 귀를 기울이는 법들의 의미에 대해 조금씩 알아가고 있을 때 아이들이 들려주는 침묵의 몸짓이었다.

"그리고 그 질문과 대답에는 기준선이 중요한 역할을 할 때가 있는데 너는 할머니께서 주신 천 원이라는 매우 유용하고 감사한 기준선을 갖고 있잖아. 언제나 너의 말을 차분하게 들어주시던 할머니를 롤 모델로 삼았으면 좋겠다. 어쨌든 학과는 잘 선택했다. 우리 원근이에게 잘 맞는 분야가 되겠구나."

봄에 비해 키가 훌쩍 컸고, 마음은 더 크고 단단해진 원근이. 천천히, 세상을 향해 길 찾기를 시작하는 원근이의 뒷모습을 보면서 나는 할머니가 조금만 더 살아계셔서 원근이의 스승이 되어주셨으면 얼마나 좋았을까? 하는 생각을 하였다.

# 여백

네 갈 길로 무진 노력을 다해서 나아가고 있는데 사람들은 너를 무시하고 비웃기만 하니? 그래서 너도 세상을 무시하고 비웃고 있니? 인생은 어차피 혼자 하는 여행이니까 그것도 괜찮은 선택처럼 보이기는 한다. 그런데 지금 네 얼굴을 보면 무엇인가 가득 채워놓고 답답해하는 네가 보인다. 왜 너는 그것을 네 안에 가득 채워놓고, 숨 막혀하고 있을까? 나는 잘 모르겠어. 다만 나는 지금 숨이 막힐 정도로 네 속에 가득 담겨 있는 그것을 덜어내는 작업을 함께 하고 싶을 뿐이야.

친구야. 너에겐 지금 여백이 필요해 보여. 세상에는 마음의 여백을 만들어 주는 존재들이 있어. 그 존재는 네가 어떤 말을 해도 주변 사람에게 옮기지 않을 정도로 무거운 입을 가지고 있어. 네가 오래오래 이야기해도 가만히 들어준단다. 그런 존재는 누구일까? 어떤 사람들은 신에게 기도한단다. 신은 말을 옮기지 않으시거든. 어떤 사람들은 반려동물이나 반려 식물과 함께 지낸단다. 어떤 사람들은 자신과 대화를 하기도 한단다.

너도 그런 존재들과 마음에 숨겨 두었던 것들을 소리내어 말하는 시간을 가져보길 바란다. 소리내어 말하기 어려우면 멈춰서서 혼자 그냥 멍하니 있어도 괜찮아. 그렇게 쉬어가는 것도 여백을 즐기는 거니까 말이야. 그런 존재들을 만나고, 그런 방법들을 사용하면서 마음속에 있는 것을 꺼내면서 쉬어가다 보면 지금의 너는 물론 앞으로 나아갈 너와도 편안하게 만날 수 있단다.

국어 교사의 길을 가려는
투덜이 스머프

# 장면 하나

"언제 끝나요? 저 학원 가야 하는데요."

고3 호성이와 진학 상담을 하는 시간. 문과 1등급 중에서도 최상위권 학생. 다른 학생들이나 친구들 앞에서 늘 일그러진 표정을 지으며 투덜거리는 말을 해서 '투덜이 스머프'란 별명으로 불리는 친구. 나는 말없이 호성이의 입 앞으로 젤리 사탕을 건넸다. 우습게도 호성이는 젤리 사탕을 날름 입으로 받아먹었다. 살짝 당황했다. 그러나 잠깐이지만 마치 아주 어린 아이 같은 미소를 지은 호성이의 얼굴은 무척 귀여웠다.

"너 왜 국어교육학과로 진학하려고 하니?"

"아, 참. 지난번에도 물어보시고 또 물어보세요? 말씀드렸잖아요. 고1 때 선생님이 쓰신 책 읽고 필 받았다고요."

"음. 언제 들어도 그 말은 참 기분 좋은 말이다."

"선생님. 저랑 상담하는 거 우리 엄마가 시킨 거 맞죠? 엄마가 학부모 대표니까 저에게 특별히 신경 쓰시는 거 맞죠?"

"우리 투덜이 스머프는 모르는 게 없어요. 그래. 학부모 대표 아드님이시니까 특별 대우해 드리는 거 맞습니다요. 그런데 어머니께서 시키신 것은 아니고 내가 알아서 하는 거야. 어머니께서 학교일 하시는 것에 대해 감사의 표시는 해야 할 것 같아서. 아니다. 솔직히 이야기할게. 아들놈이 엄마 학교 오는 거 싫어서 그렇게 난리를 치는데도 네 어머니께서 학교 일에 정성을 기울이시는 것을 보면 안쓰러워서 내가 뭐라도 해야할 것 같아서 너랑 상담하는 거야. 어떻게 만족한 대답이 되셨나?"

"선생님이 학생들을 그렇게 편애하시면 안 되죠. 에이 참. 또 우리 엄마 이야기로 돌아가네. 저 갈래요."

"한 가지만 물어보자. 너 언제부터 투덜이 스머프가 되었니? 애들 얘기 들어보면 너 중학교 때 그렇게 잘 웃고, 잘 웃기는 아이였다고 하던데. 공부는 지금보다 별로였던 것 같고."

"맞아요. 고등학교에 와서 짜증이 늘었어요. 중학교 때는 엄마가 학교에 오지 않았거든요. 엄마가 운영하는 학원에 신경 쓰느라 올 시간이 없었어요. 그때는 참 좋았는데. 선생님. 이번엔 진짜 가겠습니다."

"투덜이 스머프! 다시 한번 선생님 기분 좋게 해줘. 왜 국어교육학과로 진학하려고 한다고?"

"아, 참! 저는 국어교육학과를 나와서 선생님처럼 학생들과 친구 같은 국어 선생님이 되는 게 꿈이에요. 됐죠?"


최호성. 불편한 감정을 잘 드러내면서도 다른 사람을 기분

좋게 만들 줄 알고, 솔직하고, 표현력도 뛰어나고, 공감 능력은 아주 뛰어난 친구. 거기다 우수한 성적. 자신이 원하는 국어교육학과에 입학할 가능성이 높고, 국어 교사가 될 기본 자질을 잘 갖추고 있는 학생. 하지만 나는 그 친구의 마음에 한 단계 더 들어가서 응어리를 풀어줘야 할 필요가 있다고 생각했다.

#장면 둘

"먹고 사는 문제를 해결해야 했어요. 호성이 초등학교 3학년 때부터 대입 국어 학원에서 강사 일을 시작했어요. 밤낮없이 뛰었어요. 늘어나는 빚을 해결하려면 밥 먹는 시간도 아껴야 했어요. 피곤한 몸으로 집에 들어오면 방 한쪽 구석에 어린 호성이가 자고 있었어요. 호성이의 눈에는 눈물자국이 있었고, 제 눈에선 눈물이 흘렀어요. 아침마다 '엄마 언제 와?' 하고 호성이가 물어볼 때는 그래도 괜찮았어요.

언제부터인가 제가 출근할 때 쳐다보지도 않고 인사도 하지 않았어요. 가슴이 너무 아팠어요. 그래도 운이 좋아서 빚도 다 갚고 자그마한 학원도 제 이름으로 차리게 되었어요. 호성이는 벌써 고등학교에 입학할 나이가 되었고요. 고등학생이 된 호성이에게 그동안 못했던 에미 노릇을 제대로 하고 싶었어요. 그래서 학교 일도 열심히 도와드리고 호성이 공부도 관리하기 시작했어요. 그런데 호성이와 함께 하지 못한 시간이 너무 길었나 봐요. 잘 웃던 호성이가 늘 화가 난 표정을 짓고, 제가 학교에 오면 저를 노려보곤 했어요. 학교에서 호성이를 만날 때는 겨울 찬바람에 따귀를 맞는 기분이었어요.

어느 날은 저에게 그러더군요. '엄마. 학교 애들 엄마네 학원으로 끌어들이려고 오는 거지?' 온몸에 힘이 빠져나가는 기분이었어요. 다행히 선생님들께서 애써 주셔서 좋은 성적이 나오고 친구들과도 잘 지내서 얼마나 감사한지 모르겠어요. 그런데 우리 아들이 저와는 남남이 되어버린 기분이에요. 죄송해요. 선생님. 제가 별 이야기를 다 하네요."


의문이 풀렸다. 호성이는 어머니를 사랑하고 있었다. 중학교는 어머니가 없는 공간이기 때문에 자신을 혼자 남겨두고 세상으로 나가는 어머니라는 존재가 처음부터 없었다. 그래서 분리불안을 느끼지 않아도 되는 곳이었다. 그래서 진로 탐색기인 중학교 시절에 평안함을 느낄 수 있는 학교에서 오랜 시간을 보내는 삶을 살고 싶은 마음이 생겨나기 시작했을 것이다.

그런데 고등학교에 입학하자 평안을 느끼던 자신의 영역에 어머니가 등장했다. 그것도 아주 강렬하고 깊숙이 들어와 버렸다. 호성이의 마음 깊은 곳에서 불안감이 다시 움트기 시작했을 것이다. 또 어머니가 자신을 팽개치고 다른 세상으로 떠나갈 버릴지도 모른다는 무의식이 호성이에게 분노를 만들어 내고 늘 투덜거리게 했을 것이다. 화는 두려움의 반증이기 때문이었다. 실제로 부모를 떠나는 준비를 해야 하는 고등학생 때 아직 해결하지 못한 분리불안의 심리가 뒤엉켜서 나타나 버린 것이다. 그러니까 호성이는 엄마가 없는 세상을 또 만나게 될지도 모른다는 무의식 때문에, 엄마와 헤어지고 혼자 덩그러니 남아 있는 경험을 또 하게 될까 봐 벌벌 떨고 있던 것이다. 투덜이 스머프가 엄마에게 보이는 쌀쌀함 밑에는 엄마와 헤어지기 싫은, 엄마를 사랑하는 여린 아들의 마음이 있던 것이었다.

"어머니께서 호성이에게 참 많은 선물을 주셨네요. 우선 국어 교사가 되기에 아주 적합한 유전자를 선물하셨네요. 거기에 공부 훈련까지 전문적으로 잘 시켜주셨고요. 제가 호성이 간단 검사를 해보았는데요. 호성이가 사람을 많이 사귀는 것을 좋아하는 유형은 아니었습니다. 그런 호성이가 왜 사람을 다루는 교사가 되고 싶어 할까? 하는 질문에 제가 답을 내리기가 쉽지 않았습니다.

그런데 이제 알겠네요. 사람에게는 자신이 원하지만 못 이룬 것들을 다른 이를 통해 이루면 행복을 느끼는 속성이 있다는 것을 어머님께서도 잘 아실 거예요. 호성이는 돌봄을 받지 못했던 어린 시절의 자신 덕분에 교사가 되어 학생들을 돌보고 싶은 꿈을 갖게 된 듯싶네요. 어머니께서는 상처라고 생각하신 시간을 호성이는 귀한 선물로 승화시켰네요. 참 멋진 아드님을 두셨습니다. 어머니께서도 충분히 좋은 어머니 역할을 하셨고요. 문득 그런 생각이 드네요. 어쩌면 이런 상황들은 호성이 때문에 마음 아파하며 보냈던 어머니의 시간이 어머니께 드리는 선물이 아닐까 하는 생각을 하게 되네요."

## #장면 셋

호성이는 명문대 국어교육학과에 여유 있게 합격했다. 나는 호성이에게 글씨를 선물했다. '겸손과 인정.' 그리고 어머니와 나눴던 이야기를 그대로 호성이에게 전달했다. 선생님만의 생각일 수도 있으니 잘 여과해서 새기길 바란다고 하였다. 그러나 분명한 사실은 어쩔 수 없이 선택한 어머니의 생활방식이 너를 힘겹게 했지만, 그것이 너를 꿈꾸게 했다는 것, 그것만은 잊지 말기를 당부했다. 이다음에 학생들과 생활할 때 너는 그런 의도로 말하고 행동한 것은 아니었지만, 학생 입장에서 판단할 때 불편하고 화가 날 일이 발생하게 되었을 때 어린 너를 집에 두고 직장에 나가신 어머니의 마음을 생각하라고 하였다. 그러면 너는 완벽한 사람이 아니고 스승이 되려고 노력하면서 아파하는 사람일 뿐이라고 겸손하게 자신을 받아들일 수 있을 거라고 말을 건넸다. 그런 시간이 지나면 너의 제자들이 아픔을 선물로 승화시키는 기적을 보게 될 것이라고 했다. 내 친구 최호성이가 내게 보여준 기적처럼이라고 말했다.

물끄러미 나를 바라보던 호성이가 주르륵 눈물을 흘렸다.

"선생님께 제 마음 들켜버렸네요. 저는 엄마를 사랑하지 않으려고 했어요. 그럼 더 아플 것 같아서요. 그런데 잘 안되더라고요. 그래서 늘 짜증이 났어요. 우리 엄마, 고생 참 많이 하셨거든요. 고맙습니다. 선생님. 앞으로는 엄마랑 잘 지낼게요. 아! 그리고 선생님. 젤리 하나 입에 넣어주세요. 선생님과 만날 때 그게 제일 좋았어요."


스무 살이 시작되는 2월. 졸업식을 마친 호성이는 꽤 괜찮은 시작을 하고 있었다.

# 짜증

짜증이 날 때 너는 어떻게 행동하니? 직접 화를 낼 수 있다면 그나마 다행이겠다. 그런데 상대방이 권위자, 그러니까 네가 부정적인 감정을 마구 표현하기 어려운 위치에 있는 사람이면 어쩌지? 관계를 끊는 것도 방법이지만 그건 쉬운 선택이 아니지. 가면을 쓰고 웃을 수도 있고, 외면하거나 침묵하면서 회피하고 싶은 마음을 표현할 수도 있겠다. 요즘 너의 모습처럼 말이야.

짜증이 날 때는 말이야. 나는 어떤 나이에 누려야 할 것을 누리지 못하고 살아온 것은 아닐까? 하고 지난날을 돌아보길 바랄게. 어릴 때 엄마와 함께 시간을 못 보내다가 고등학교에 입학한 아이가 있어. 집에서 살림만 하게 된 엄마를 보고 너무 좋았어. 그냥 엄마랑 놀고 싶었어. 그런데 엄마는 성적과 입시라는 현실에 충실하셨어. 그 아이도 현실이 중요하다는 것을 알고 엄마의 행동을 이해하긴 해. 하지만 마음은 불편하고 우울하고, 심지어 엄마가 밉기까지 해.

이런 상황이라면 엄마, 또는 어떤 상황 속 그와 솔직하게 너의 생각에 관한 이야기를 나눠보길 권할게. 잃어버린 시간에 대한 아쉬움에 관해 부드럽게 이야기를 나눠보렴. 그에게 짜증을 내는 마음 아래에는 사랑을 주고받고 싶은 마음이 있는 것이니까 말이야. 그렇게 이야기를 나누는 것은 짜증을 내도 관계가 깨어지지 않을 것이라 믿음이 생기는 첫걸음이기도 해. 짜증은 관계가 깨질 것 같은 두려움에서 생기는 감정이거든.

아빠의 품을 떠나가는
실용음악과 합격생

"선생님. 절반 성공했어요."

"절반의 성공이라… 5대 5라는 이야기인데. 그럼 어느 쪽이냐?"

"에이 선생님. 썰렁해요. 51:49 정도 같은데… 제가 어느 쪽인지는 잘 모르겠어요."

"그렇구나. 어쨌든 합격했으니 축하한다. 그래, 어느 학과에 합격했니?"

"경영학과 세 곳은 다 떨어졌어요. 실용음악과는 두 곳 합격해서 어느 학교로 갈지 생각 중이에요."

"어느 학교로 진학할지 결정하는 데 선생님 도움이 필요하니?"

"아니에요. 제가 좀 더 생각해 보고 결정하려고요. 그것보다 다른 고민이 생겨서 선생님께 왔어요."


권희승. 내 고등학교 동창 아들. 수시 원서를 지원하고 결과를 기다리는 동안 자원해서 상담실을 청소하면서 매일 같이 나에게 다녀간 친구. 가끔 나와 같이 라면도 먹고, 수준급 기타 솜씨도 보여준 친구. 후배들이나 친구들이 상담하러 오면 조력자 역할도 열심히 해줬던, 매우 착한 친구. 2학년 1학기 때까지 문과 전체에서 5등 안에 늘 있었던 친구. 아버지의 소원에 따라 경영학과로 진학하려고 열심히 학교생활을 했던 친구. 덕분에 생활기록부도 명문대를 가기에 충분하게 채워져 있었고, 모의고사 성적도 꽤 우수했던 학생. 모범적인, 너무나 모범적이었던 학생. 그런데, 2학년 2학기가 막 시작된 늦은 여름. 유난히도 무더위가 끈질기게 기승을 부렸던 그 여름날에 희승이는 상담실로 미친 듯이 뛰어들었다.

2학기에 처음 발령을 받아 상담실에서 나와 둘이 근무하게 된 새내기 영어 선생님께서 무척 놀라고 당황하셨다. 희승이가 상담실 바닥을 구르고 소리를 지르면서 울고 있었기 때문이었다.
나는 평소에 학생들에게 울고 싶으면 상담실에 와서 '마음껏 소리 지르고 울어도 좋다'고 이야기했다. 행여 뒹굴다 다칠까 봐 상담실 안에 있는 물건들의 튀어나온 부분은 모두 두꺼운 고무로 막아놓았다. 한참 심리적으로 불안정한 나이에 있는 고등학생들이 감정을 추스를 공간이 학교에는 없다. 힘겨워도 감정을 그대로 안고 학교에 와서 지내야 하는 아이들을 생각해서 내가 만든 방법이었다. 숨을 쉴 틈 하나 만들어 주고 싶었다.

희승이에게 다가가려는 영어 선생님께 그냥 계셔도 된다고 이야기하고 나는 가만히 희승이를 바라보고만 있었다. 어느 정도 시간이 흐르고 희승이가 행동을 멈췄다. 울음은 마른 울음으로 변했다. 나는 희승이를 소파에 앉게 하고 미지근한 물을 건넸다. 희승이가 물을 다 마시고 난 뒤 주먹으로 희승이의 등을 쓸어내리기 시작했다. 그리고 영어 선생님께 희승이의 손을 주물러 달라고 부탁을 드렸다. 그 와중에 희승이는 영어 선생님께 예의 바른 태도로 인사를 했다.

"아저씨랑 언제 이야기할래?"

나와 희승이 사이를 잘 모르는 영어 선생님은 의아한 표정을 지었다.

"아! 제가 잠시 정신을 놓았나 봅니다. 비밀로 하기로 희승이랑 약속했는데…. 이 친구 아버지와 제가 친구거든요. 어릴 때부터 보았던 친구라서 저도 모르게 그만…. 그래, 권희승. 선생님이랑 상담하고 싶니?"

나의 변명을 들으면서 어색하게 웃던 희승이가 고개를 끄덕거렸다.

"점심시간이랑 방과 후 중 언제가 편하니?"

"방과 후에 올게요. 선생님. 죄송합니다."

영어 선생님이 희승이를 붙잡고 말씀하셨다.

"아침 안 먹고 왔겠다. 이따 배고프면 이거 먹어라."

희승이의 손에 영어 선생님이 카스텔라와 음료를 쥐어 주었다. 희승이가 다시 살짝 눈물을 보이며 꾸뻑 인사를 하고 상담실을 나섰다. 나는 희승이가 나간 후 부리나케 교내 메시지를 날리기 시작했다. 희승이 담임 선생님께 오늘 아침 상황을 보고하고, 교장, 교감, 희승이 반 교과 담당 선생님께 당부 사항을 전달했다.

"2학년 7반 권희승. 코드 레드 발령입니다. 오늘 하루는 반걸음만 뒤에서 바라봐 주십시오."

그리고 희승이의 아버지, 내 친구 철규에게 전화했다.

"희승이 학교 잘 도착했다. 상담실에 다녀갔다. 자세한 내용은 잘 모르겠고, 학교에 있는 동안은 선생님들께서 보살펴주실테니까 안심해라. 우냐? 권철규도 늙었네. 울지마, 인마. 아침 잘 챙겨 먹어. 공사 현장에서 안전사고 주의하고, 이럴 때 네가 몸 상하면 희승이 정말 힘들어진다. 파이팅하고! 방과 후에 희승이랑 이야기 나누려고 해. 그래. 내일 저녁때 만나자."

모든 상황을 지켜본 영어 선생님께서 상담 시스템이 잘 되어 있어서 많이 배웠다고 하셨다. 자신의 꿈이 상담 교사가 되는 것인데 도움이 많이 될 것 같다고 하셨다.

"아이들의 힘든 것에 비하면 보잘것없어요. 이게 맞나 하는

생각도 들고요. 선생님 세대가 더 발전시켜 주셨으면 하는 바람
이 커요."

희승이와 마주 앉았다.

"어제 아빠와 싸웠어요. 선생님께서 아시는 것처럼 아빠는
제가 경영학과로 진학하기를 원하셨어요. 저는 별다른 생각이 없
었어요. 그냥 아빠가 좋아하셔서 그 말씀을 따랐어요. 그러다가
친구 따라 록 페스티벌에 가게 되었어요. 새로운 세상이었어요.
그날 이후로 실용음악과로 진학하고 싶다는 마음이 생겼어요. 아
빠에게 이야기 하지 않고 악기도 배우고 노래 연습도 했어요. 오
디션도 여러 번 봤어요. 모두 불합격했지만 제대로 배우면 가능
성이 있겠다는 피드백도 받았어요. 태어나서 처음으로 신나는 일
이 저에게 생긴 것 같았어요.

그래서 아빠에게 말씀드렸는데 갑자기 화를 내셨어요. 중학
교 때부터 조금씩 거리감이 생기긴 했지만, 아빠가 저에게 화를
낸 적은 없으시거든요. 저도 당황했어요. 열도 받고요. 그래서요.
그래서요. 선생님 저도 모르게, 그러니까 저도 모르게… 아빠에게
욕을 했어요. 해서는 안 될 막가는 표현을 쓰면서 욕을 했어요. 아
빠가 멍하니 저를 바라보셨어요. 선생님. 저 그러면 안 되잖아요.

아시잖아요. 엄마가 돌아가신 후에 저 하나만 보고 살아오셨잖아
요. 공사판에서 일하시면서 제가 해달라는 것은 다 해주신 분이잖
아요. 그 아빠에게 제가 친구들에게도 하지 않는 험한 말을 했어
요. 저 정말 나쁜 놈이죠? 선생님. 저 어떻게 해야 해요?"

날씨는 여전히 무더웠다. 그래도 아침과 저녁에는 살짝 더위
가 가시고 있는 날들이었다. 성장통을 겪고 있는, 어머니가 떠나
가고 아버지마저 자신을 버릴지도 모른다는 두려움에 부들부들
떨고 있는 한 아들이, 한 청춘이 내 앞에 앉아 있었다.

"너 아버지 구두 닦아드리니?"

"음…. 중학교 때부터는 아빠 구두 닦아드린 기억이 없어요.
제가 학원에 다니느라고 그랬는지…. 초등학교 때까지는 닦아드
렸는데…."

"오늘 가서 아버지 구두 닦아드려."

"그렇게 하면 아빠에게 용서를 빌 수 있어요?"

"몰라. 상담 교과서에 그렇게 쓰여 있어. 아들들이 아버지랑
화해하고 싶을 때 안마를 해드리거나 구두를 닦는 것도 좋은 방
법이라고 적혀 있어."

나는 웃으며 말했다. 희승이의 어깨가 무척 무거워 보여서 그
무게를 가볍게 느끼도록 하고 싶은 마음에서 싱겁게 말을 건넸다.

"선생님 말씀을 듣고 아빠 구두를 닦았어요. 닦다가 저도 모르게 눈물이 주르륵 흘렀어요. 구두가 낡아서 그렇기도 했고, 왜 아빠와 나는 이렇게 멀어졌을까? 하고 생각하니 갑자기 눈물이 났어요. 제 울음소리 때문인지 아빠가 방에서 나와서 저를 가만히 바라보셨어요. '아빠, 내가 실용음악과를 가든 경영학과를 가든 아빠 아들인 거는 그대로지?' 하고 제가 말했어요. 아빠는 저의 어깨를 감싸면서 '그럼 인마 네가 딸이냐?'하고 농담하셨어요. 저도 웃었어요. 그런데 우리 아빠 참 끈질겨요. '그래도 우리 싸움은 아직 끝나지 않았다'라고 하셨어요. 그 말이 참 듣기 좋았어요. 무조건 경영학과를 가라고 음악은 안 된다고 할 때보다 양보하신다는 것을 알았거든요. 제가 험한 말을 쓴 것에 대해 사과했어요. 아빠가 그랬어요. 괜찮아. 그래도 괜찮아. 시간 지나서 이렇게 말해주면 괜찮아."

다음 날 저녁 오랜만에 희승이 아버지, 철규를 만났다.

"피는 못 속인다. 씨도둑은 못 속인다더니 그 아버지에 그 아들이네. 철규야. 너 고등학교 때 밴드 했었잖아. 이름이 뭐였지 '야생마'였나?"

"아니, 그건 종현이네 밴드 이름이고, 우리는 '미친 당나귀'였지. 줄여서 '미당'이라고 불렀지. 그런데 너 참 별거 다 기억한다."

"그래. 맞다. '미당'이었지. 하긴 음악 좋아하던 너였으니까 희승이가 음악하려는 걸 반대할 수도 있었겠다."

"고등학교 때 미당 애들이 엄청 말썽을 많이 피웠던 거 기억나냐?"

"그래, 네가 대장이었잖아. 담임이 교무실에 너네들 불러서 혼낼 때도 너만 제일 나중에 남겨서 가장 크게 혼냈잖아. 아무도 못 들어오게 하고. 그때 진짜 궁금했는데, 담임이 그때 너에게 뭐라고 했냐? 넌 얼굴이 벌겋게 돼서 나오면서 담임 욕 막 했잖아. 사실 그 양반, 선비 중의 선비여서 손찌검 한 번 하지 않는 분이었는데, 너를 제일 미워해서 사정없이 때린 거라고 동창들은 지금도 이야기하고 있잖아."

"아니야. 그 선생님 정말 고마운 분이야. 나한테 그러더라. 괜찮다고 다 괜찮다고. 담임 선생님은 우리 집 사정을 잘 알고 계셨거든. 내가 소리 지르면서 노래 부르고 거칠게 말썽을 피우지 않으면 견딜 수 없을 정도로 힘든 우리 집 사정을 잘 알고 계셨거든. 그래서 맨 나중까지 날 남겨놓고 잠깐 앉아 있다 가라고 하셨어. 당신은 뒷짐 진 채 창밖을 바라만 보고, 나중에 보니까 울고 계시더라고. 어른이 되어서 생각하면 참 고마웠는데, 그땐 너무 어려서 그런 담임 선생님이 너무 싫었어. 그래서 교무실 벽을 주먹으로 치기도 하고 그랬어."

"욱하는 성질까지 부자가 똑같네. 그래서 희승이에게 욕해도 괜찮다고 그랬군."

"맞아. 난 선생님께 나이 들어서야 사과했지. 희승이가 욕하는 소릴 듣고 나니까 그때 선생님께 정말 죄송하더라."

두 친구의 추억담은 밤늦도록 이어졌다. 철규는 거의 고아처럼 자랐고, 고운 아내와 결혼하여 평안하게 살게 되었다. 그러나 삼류 드라마처럼 철규의 아내는 어린 희승이만 남겨놓고 병으로 세상을 떠나게 되었다. 그 후 철규는 재혼은 생각도 하지 않고 희승이를 위해 모든 것을 바치며 살아왔다.

"문 선생. 나는 음악을 좋아하는 희승이의 마음은 이해해. 뒷바라지도 할 자신이 있어. 그런데 확신이 없어. 그놈이 혼자 세상을 살아갈 때 음악만으로 가능할까?"

"권철규. 참 그때나 지금이나 지 마음대로 생각하는 건 여전하네. 너 진짜 몰라서 하는 이야기야? 희승이는 너보다 훨씬 머리도 좋고, 성적도 좋고, 성실한 아이야. 그런 점은 아빠랑 다른 걸 보니 아무래도 제수씨 덕분인 것 같다. 철규야. 난 말야. 제수씨가 희승이를 돌봐주고 있다고 믿어. 제수씨라면 지금 너에게 뭐라고 할까? 그리고 요즘 세상이 우리들 때랑 다른 거 너도 잘 알잖아. 실용음악 하면서 먹고 살 수 있는 길은 얼마든지 있어. 그리고, 그리고 말이야. 넌 나 무시하는 거 아냐? 고2 담임 선생님만큼은 아니지만 네가 희승이 진로 선생 역할을 제대로 못 할 것 같아? 나 믿어, 인마. 네가 양보해. 자식 이기는 부모 없잖아."

나는 큰 소리로 이야기했다. 직원이 와서 제지를 안 했으면 소리가 더 커졌을지도 모른다. 음식값을 내려는 철규를 밀어내면서 내가 음식값을 냈다. 이런 법이 어디 있냐는 철규에게 말했다.

"우리 아들 희승이에게 나중에 열 배로 대접받을 거야. 내 투자 비용을 네가 가로채면 내가 서운하지. 아들 잘 둔 줄 알아, 짜샤."

다음 날 철규에게서 전화가 왔다.

"어제 희승이와 이야기를 깊게 나눴다. 실용음악과로 가라고 하니까 2학년 1학기까지 경영학과를 가기 위해 준비한 것들이 아까워서 실용음악과 세 학교, 경영학과 세 학교 이렇게 지원해 보겠다고 이야기하더라. 아마 나를 배려해서 그런 것 같아.

처음으로 희승이에게 술 한 잔을 따라주면서 말했어. 이젠 아들이 아니라 권희승이라는 독립적인 존재로 살아도 된다고 이야기했지. 그런데 말이야, 경보야. 이놈이 그 말을 듣고 '예. 아버지'라고 대답하더라. 아빠라고 하지 않고 아버지라고 하더라. 그 말을 듣는데 왜 이렇게 마음이 아프냐. 희승이 놈이 저 멀리 떠나 버린 것 같더라. 이게 네가 동창들 모아 놓고 떠들던 부모의 성장통이냐? 부모는 존재하는 것이 아니라 만들어지는 것이란 그 어려운 이야기가 이거였냐?"

그로부터 한 해가 흐르고 나는 지금 희승이와 이야기를 나누고 있다.

"실용음악과에 입학하게 된 것은 마음에 드는데요. 학교가 명문 대학교가 아닌 게 마음에 걸려요. 아버지는 합격해서 기분이 좋다고 하세요. 그런데요, 아버지를 아는 주변 분들이 뭐라고 할까요? 아버지에게 공부 잘하는 아들 둬서 부럽다고 이야기하셨던 분들이 제가 입학한 대학 이름을 알고 나면 뭐라고 할까요? 아버지에게 너무 죄송해요."

침묵이 흘렀다. 창밖에는 함박눈이 내리고 있었다. 보글보글 찻물 끓이는 소리가 나와 희승이 그리고 조용히 앉아계신 영어 선생님 사이로 흐르고 있었다.

"선생님. 희승이에게 하실 말씀 없으세요?"

선생님은 내 옆에 와서 앉으시더니 희승이의 손을 잡고 이야기하셨다.

"넌 안 아프니?"

순간, 희승이의 표정이 멍해졌다.

"시선의 감옥이라는 말이 있단다. 난 네가 그 말을 생각해 봤으면 좋겠어. 선생님이 그동안 널 보아 왔는데 너의 가장 큰 문제는 다른 사람에게 착한 아이라는 거야. 아버지에게는 착한 아들, 선생님들에게는 착한 학생. 그래서 너 자신은 외면하고 살아가는, 네 감정은 무시해 버리는 나쁜 놈이 되어버렸다는 거야. 내가 너라면 난 지금 많이 아플 것 같아. 솔직히 네가 지원했던 명문 대학들은 누구나 가고 싶어 하는 대학이잖아. 너도 그래서 지원한 거고, 그러면 제일 먼저 네가 아쉽고 아플 것 같은데 넌 주변 사람들과 아버지 생각만 하고 있어…. 미안해. 말이 길어졌네."

희승이와 영어 선생님이 맞잡은 손 위로 눈물이 떨어졌다. 누구의 눈물인지는 알 수 없었다. 왜냐하면 나의 눈에도 눈물이 맺히기 시작했기 때문이었다. 타인의 눈길에 얽매이는 것에 대해 힘겨워하고 있던 내 마음과 영어 선생님의 말씀이 만나서 그랬을 것이다.

"선생님. 감사합니다. 희승아. 선생님과 내 마음이 같다. 이제 정리해 볼게. 지금 이 문제는 아버지의 문제가 아니라 네 문제라는 것을 먼저 알았으면 좋겠다. 그러기 위해선 너는 먼저 네 마음을 바라보는 시간을 가지렴. 다른 사람 생각하느라 에너지를 쏟았던 너에게 화도 내고, 그럴 수도 있겠다고 위로도 하고, 그렇게 하는 시간을 가지렴. 그리고 네가 걸어가게 될 음악은 자유를 추구하는 길이란 것을 생각하렴. 새에게는 하늘을 날아갈 수 있는 것도 자유지만 돌아올 둥지가 있을 때 더 큰 자유를 누리게 된단다. 아마 네 아버지가 너에게 그런 둥지가 되어주실 거야. 둥지가 그 자리에 그대로 있듯이, 네가 어느 대학으로 진학하든 아버지는 옛날에도 지금도, 그리고 앞으로도 너를 사랑하실 것이고 주변에 자랑하면서 다닐 것이다. 너는 그런 대접을 받기에 충분한 아들이니까 말이다."

부모를 떠난다는 것은 다시 부모에게로 돌아오는 첫걸음이다. 첫걸음은 불안하고, 비틀거리기도 하고 넘어지기도 한다. 첫걸음을 내딛는 아들의 앞날을 조금은 불안한 마음, 조금은 안타까운 마음, 조금은 아린 마음, 그리고 아주 큰 기대와 확신을 가지고 바라보게 될 아버지, 권철규. 나는 그 친구와 함께 우리의 아들을 바라보고 기도하는 한 단계 깊은 상담의 시간을 그날 이후 시작하게 되었다. 아마 이 상담은 종결이 되지 않을 듯하다.

# 졸업

졸업은 끝인 동시에 새로운 시작이란다. 너는 누군가와 헤어지기 싫은데 헤어진 적 있니? 사람들은 익숙한 상황에서 벗어나기를 지독히 싫어한단다. 그래서 헤어질 때도 같은 손동작을 하면서 자신들이 연결되어 있다는 것을 확인하려고 하지.

헤어지기 싫어하는 근본적인 원인 중 하나는 '분리불안' 때문이라고 볼 수 있단다. 태아는 일정한 시간이 되면 엄마의 몸과 헤어지면서 분리불안을 경험하게 된단다. 또 사람의 뇌에는 '거울 신경 세포'가 있단다. 누가 슬픈 일을 당하면 같이 슬픔을 느끼고 우스운 이야기를 하면 나도 모르게 웃음 짓는 것들이 다 거울 신경 세포의 작용이란다. 거울 신경 세포를 활용하면서 안정감 있게 지내던 사람과 헤어지는 것은 또 하나의 분리불안을 경험하는 일이란다. 그래서 부모로부터 자식이 독립하는 것을 새로운 관계가 시작되는 자연스러운 현상으로 보지 못하고 '상실'이라고 해석하는 경우가 종종 있단다.

우리 말이야. 헤어짐은 끝이 아니라 새로운 시작이라고 생각하는 것은 어떨까? 상대에 기대고 사느라 잠시 잊고 있었던 나를 찾는 시간과 만나고 있는 거라고 생각하면 어떨까? 그래서 다시 만날 때 우리들의 거울 신경 세포가 더욱 활성화되어 서로가 공감하고, 이해하고, 성장하면서 행복한 삶을 시작하게 될 거라고 생각하면 어떨까? 졸업은 새로운 시작을 뜻하기도 하니 말이다.

거리두기를 멈추려는 법학도와
양보하기에서 벗어나려는 MC 지망생

김 회장이 담임 교사에게 심하게 야단맞고 있었다. 화술도 뛰어나고 남 앞에 나서기를 좋아해서 별명이 '나대기'인 우리 김 회장. 그 화려한 언변 덕분에 지난 2학년 겨울에 학생회장이 된, 정치가가 꿈인 김 회장. 그 친구가 고3이 된 첫 주에 '정의의 사무라이'로 불리는 담임 교사에게 혼나고 있었다. 아무 말도 하지 못하고 얼굴이 벌겋게 된 채로 고개를 숙이고 있는 모습은 그동안 보아 왔던 나대기의 캐릭터와는 거리가 멀었다.

"어이, 김 회장. 담임 선생님이랑 볼 일 다 봤으면 이 공책 옮기는 거 부탁하자."

김 회장이 어색하게 웃으며 공책을 들고 3학년 1반, 자신의 반으로 갔다. 김 회장과 나는 함께 반 친구들에게 공책을 나눠준 뒤 교정을 거닐기 시작했다. 매점에서 음료수와 젤리 사탕 한 봉지를 샀다. 음료수는 지금 마시고, 젤리는 친구들이랑 나눠 먹으라고 했다. 회장은 늘 베풀 수 있는 실탄을 가지고 다니는 것이라고 너스레도 떨었다. 내가 계속 다른 이야기를 하며 자신을 놓아주지 않고 있는 것을 눈치챈 김 회장이 이야기했다.

"이번 주에 학급 회장 선거가 있잖아요. 그런데 고3이라 그런지 아무도 하겠다는 아이가 없었어요. 그래서 엊저녁에 담임 선생님께 문자를 드려서 제가 나가고 싶다고 말씀드렸어요. '이유는?'

이라고 선생님께서 답문을 보내셨어요. 저는 진담 반 농담 반 '학급 회장이랑 학생회장이랑 두 가지를 모두 하면 대학 가는 데 점수를 두 배로 받지 않나요?'라고 대답했어요. 사실 저도 알아요. 학생회장이나 학급 회장 둘 다 하든 하나만 하든 점수는 모두 같다는 거 잘 알아요. 반 아이들이 회장에 나가기 싫어하는 것 같아 그런다고 말씀드리는 건 아닌 것 같아서 그렇게 말씀드렸어요. 그랬더니 선생님께서 '내일 조회 마치고 교무실로! 이상!' 이렇게 문자를 보내셨어요. 아이고! 왕창 깨지겠구나! 그때 감 잡았죠."

"너는 하고 싶은 말 했고, 예상대로 왕창 깨졌고, 억울하긴 하겠지만 우리 김 회장 멘탈이면 그 정도는 시간이 지나면 잘 다독거릴 수 있을 것 같고…. 그럼, 다 해결된 건가?"

"대충 정리는 되었다고 생각해요. 근데 학급 회장 후보를 자원하는 아이가 없는 게 여전히 마음에 걸려요."

"자원하는 아이가 없으면 네가 추천하면 되잖아. 회장이면 그 정도 자격은 되지 않나? 하하."

"실은 추천할 만한 친구가 둘 정도 있어요. 그런데 그러면 강요하는 게 되지 않나요? 제가 추천하는 말을 너무 잘해서 반 아이들이 친구들에게 표를 다 주지 않을까요? 헤헤. 그러면 하기 싫은 친구에게 부담을 주게 되는 것 같아서요."

"김 회장. 너 그렇게 해서 정치인이 될 수 있겠니? 욕 안 먹으려고 시작도 안 하고, 단순하게 너 혼자 생각에 갇혀 있고, 그러면 이다음에 정치 제대로 못 해. 정치가가 되려면 말이야, 리더의 역할을 하는 정치가가 되려면 말이야, 필요한 사람을 제 자리에서 활동하게 하기 위해선 마음 불편한 일도 할 줄 알아야 해."

"선생님. 아니, 선배님. 헤헤. 어떻게 하면 되는지 방법을 가르쳐 주세요."

모교에서 근무하고, 학생회 임원을 했던 나에게 학생회 임원들은 가끔 '선배님'이란 호칭으로 부르는 날이 있었다. 그런 날에는 어김없이 후배들에게 짜장면을 사줘야 했다. 그래서 유쾌한 날이었다.

"교실에서 한번 시원하게 연설해. 학생회장의 입장인 동시에 반 구성원으로 이야기한다고 말해. 학생회장에 입후보할 때 너의 불안했던 마음, 그리고 자기가 손해를 볼 것 같아서 학급 회장에 지원하지 않은 것 같은 친구들에게 실망한 마음도 솔직하게 이야기해. 고등학교에서 하는 일은 어른이 될 때를 위한 연습이라고 생각한다고 말해. 어른이 되어서도 중요한 상황 앞에서 지금처럼 이익이나 손해를 따지면서 뒤로 뺄 것이냐고 말해. 만약 학급 회장을 하고 싶은 마음은 있는데, 공부에 방해되는 거 제외하고 마음에 걸리는 게 있거나, 학급 회장을 하면서 해결하고 싶은 게 있으면 학생회장인 네가 도와주겠다고 해."

"어? 선생님. 제가 어떻게 도와줘요?"

"하하. 내가 있잖아. 상담실로 그 친구들을 데리고 와. 다음은 이 형님이 해결해 줄게."

"그렇게 하면 아이들이 지원할까요?"

"김 회장이 예측하는 지원 가능성은 얼마나 되시나?"

"솔직히 말씀드리면 30%도 안 될 것 같은데요."

"삼 할이라…. 꽤 괜찮은 타율이군. 김 회장, 잘 들어. 우린 지금 너의 일을 이야기하고 있는 거야. 인재를 필요한 자리에 배치하는 연습이 필요한 너에 관해 이야기하고 있는 거야. 결정되지 않은 회장 후보들에 대해 이야기하고 있는 것이 아니야."

그날 방과 후 김 회장은 두 명의 친구와 함께 왔다.

최재환. 1등급이란 별명을 가질 정도로 성적이 뛰어나지만 평소에 다른 사람과 눈도 잘 마주치지 않고 말도 거의 하지 않는 친구. 그러나 일단 어떤 상황이 되어 자신의 의견을 발표할 때는 차근차근 논리적으로 이야기를 해서 상대방이 동의하지 않을 수 없게 만드는 친구. 자신의 꿈인 법관이 되려면 적극성이 필요하다고 생각하여 이번에 회장이 되면, 관찰하지만 않고 상황에 직접 개입하여 명확하게 자신의 의견을 말하면서 상대방을 설득하는 법을 연습해 보고 싶다는 친구.

"그러니까 재환이는 거리두기를 멈추려 노력하고 있구나."


이근희. 언제나 웃음을 잃지 않고 활발하게 지내면서 품격 있는 농담을 잘해서 상대를 무장해제 시키는 친구. 진행 솜씨도 뛰어나 교내 행사는 물론 고등학교 연합 행사 사회를 도맡아서 진행하는 친구. 연극영화학과에 진학해서 명 MC가 되는 것이 꿈인 친구. 봉사심도 뛰어나서 봉사 점수와 관계없이 남을 도와주는 일을 즐기는 친구. 경쟁하는 상황이 되면 늘 양보하며 지내와서 주변 사람들에게 지나치다는 충고도 많이 들었으나 자신이 편해서 하는 일이기 때문에 그럴 때마다 웃음 지으며 괜찮다고 말했던 친구. 그러다가 고등학교 졸업 전에 자신도 한 번쯤은 주인공이 되고 싶은 색다른 경험도 하고 싶은데, 재환이가 워낙 강력해서 이번에도 그 꿈을 이루지 못할 것 같아서 고민인 친구.

"그러니까 근희는 한 번쯤 양보하기에서 벗어나고 싶은 마음이 있구나."

학급 회장 선거가 이틀 후여서 남은 시간이 그리 길지 않았다.

"개인적으로 상담할 시간이 필요한 것 같다. 함께 계획을 세워보자. 오늘 저녁 야간 자율학습 1교시에는 재환이가 선생님이랑 상담하고, 근희는 2교시에 이야기를 나누자. 괜찮겠니?"

재환이와 근희를 끄덕거렸다.

"선생님. 저는 언제 올까요? 아무래도 제가 와야 원활한 상담이 되지 않을까요?"

"그럴 수도 있겠다고 말할 줄 알았지? 하하. 나대기 총각. 여기까지가 그대 역할입니다. 충분히 잘했어요. 이제 지켜보는 연습을 할 시간이에요. 그래도 친구들 위하는 시간이랑 마음 투자했으니까 저녁 식사는 같이 하자. 다들 햄버거 콜?"

세 친구 모두 합창하듯 명랑한 목소리로 콜을 외쳤다.

"담임 선생님과 자율학습 감독 선생님께는 내가 미리 양해를 구하마. 그리고 너희들도 직접 가서 두 분 선생님께 모두 말씀드려라."

그날 저녁 우리는 햄버거를 함께 먹으면서 이런저런 이야기를 나누었다. 김 회장과 근희는 담임 교사의 흉을 보느라 쉴 새 없이 떠들었고, 재환이는 이따금 담임 교사의 입장을 변호하였다.

"선생님, 저는 사실 여섯 살 때 저쪽에서 내려온 새터민이에요. 어릴 때 제 기억은 언제나 조용히 하라는 어머니의 손짓과 두리번거리며 불안해하는 아버지의 표정으로 가득 차 있어요. 남한으로 내려와서 몇 년을 그렇게 지내다 보니 저는 초등학교 3학년 때까지 일상적인 말을 하는 것이 힘들었어요. 그래서 혼자 책을 읽고 영화를 보내면서 시간을 보낼 때가 많았어요. 선생님들은 여러 방법으로 도움을 주려고 하셨어요. 고마웠지만 사실 저는 불편하고 속상할 때가 더 많았어요.

그런데 중학교 1학년 담임 선생님은 좀 다르셨어요. 그냥 아무 말 하지 않고 가끔 제 등을 툭 치기도 하고, 머리를 쓰다듬어 주시곤 하셨어요. 고등학교에 입학했을 때 그분이 다시 원래 직업이었던 변호사 일을 시작하시게 된다는 소식을 들었어요. 인권 변호사 일을 하고 계신 그 선생님을 닮고 싶었어요. 그래서 법관의 꿈을 갖게 되었는데 너무 오래 조용히 지내왔나 봐요. 옳다 그르다 말하려면 적극적으로, 때론 공격적으로도 말할 수 있어야 하는데, 자신이 없네요. 선생님 말씀하신 거리두기를 이젠 그만 끝내고 싶은데…."

"선생님, 저 쌍둥이에요 놀라셨죠? 헤헤. 저는 아직도 이해가 안 가는데 쌍둥이가 같이 살면 안 좋은 일을 당한다고 일부러

다른 곳에서 자라게 하는 그런 게 있나 봐요. 그래서 형은 서울에서 살고, 저는 경상도에 있는 큰아버지 집으로 보내졌어요. 큰아버지에게 아들이 없어서 절 양자로 줬다는 말도 있는데 그건 잘 모르겠고요. 사촌 누나들이 절 무진장 구박했어요. 욕하고, 째려보고, 꼬집고, 때리고, 어떨 때는 제가 물건을 훔쳐 갔다고 큰아버지에게 거짓말로 이르고 그랬어요. 그래서 저는 누나들에게 대들고 울고 그러다가 나중에는 저도 모르게 누나들 꼬붕이 되어 있었어요. 시키는 대로 심부름도 하고 말대답도 절대 하지 않고 그렇게 지냈어요. 겉으로는 웃었지만 실은 힘들었어요.

그러다가 중2 때 서울로 오게 되었어요. 서울 아이들은 경상도 아이들과는 또 달라서 뭔가 어려웠어요. 그래서 저는 반에서 개그맨처럼 지냈어요. 누나들에게 그랬듯이 친구들 눈치를 보고 힘든 일 있으면 도와주면서 그렇게 지내게 된 거죠. 이건 아버지가 말하지 말라고 했는데… 실은 제 아버지께서 밤무대 진행자시거든요. 그 피를 물려받았는지 저도 혼자 무대에 서서 이야기를 하면 신이 났어요. 거기는 절 구박하는 사람이 없어서 그랬는지도 모르겠어요. 그래서 MC가 되고 싶은 꿈이 생겼어요.

고등학교 2학년 1학기 때 서울시 고등학교 연합 행사에서 사회를 보게 되었고, 그때 지금 사귀는 여자 친구를 만나게 되었어요. 그 친구 덕분에 여자 트라우마가 없어졌어요. 예쁘지는 않아요. 그렇지만 언제나 저를 편안하게 해주는 친구였어요. 그런데 작년 겨울에 그 친구가 '네 삶의 주인공은 누구야?'라고 물었어요. 무슨 뜻인지 모르겠다고 하니까 '다른 사람 앞에서 너무 웃지 않았으면 좋겠어. 미안하다는 말도 그만하고. 네가 그렇게 하지 않아도 사람들은 너를 인정해 주고 네 옆에 있을 것이야. 나도 그렇고 말이야.' 참 고마웠어요. 눈물도 쬐끔 흘렸어요. 선생님이 말씀하신 양보하기에서 한 번쯤은 벗어나고 싶은 마음 비슷한 것도 그때 생겼어요. 그래서 회장 선거에 나가려고 결심했고요"

다음 날 점심시간. 네 남자가 다시 상담실에 모였다. 재환이와 근희는 회장 선거에 나가겠다고 이야기했다. 나는 김 회장에게 이번 상담을 시작하게 해주어 고맙다고 이야기하고 두 친구의 결정을 존중하고 좋은 결과를 기대한다고 이야기했다. 그리고 두 친구가 버리고 싶어 하는 '거리두기'와 '양보하기'에 대해 나쁜 판단을 하지 않게 되기를 바란다고 하였다. 그렇게 하지 않았으면 숨 막히는 시간을 보낼 수 없었기 때문에 오히려 고마워해야 한다고 말했다. 그리고 오랜 시절 친구처럼 살아온, 그래서 이제는 내버리고 싶은 '거리두기'와 '양보하기'를 자신들의 강점으로 활용할 수 있게 되기를 바란다고 하였다.

재환이에게 말했다.

"법관, 특히 변호사는 자신을 내세우지 않고 적절한 거리두기를 해야 하는 자리에 있는 사람들이므로 너는 아주 소중한 특성을 소유하게 된 것으로 생각했으면 좋겠다."

MC가 되고 싶은 근희에게 말했다.

"존경받는 사회자 송해 선생님께서 전국노래자랑에서 오랜 세월 명사회자 역할을 하시게 된 힘이 무엇이냐는 질문에 '죽은 나무에서도 꽃이 피게 하는 거지요'라고 대답하셨다고 한다. 그저 평범하게만 보이는 마을 사람들, 죽은 나무처럼 보이는 그 분들에게서 노래가 흘러나올 수 있도록 하고, 사연을 이야기하게 하고, 웃고, 울게 하는 것은, 사회자가 아닌 참가자들에게 무대를 양보해서 그렇다고 하셨다. 그분처럼 양보하는 습관이 몸에 밴 것은 너의 꿈을 이루는 데 가장 좋은 영양분이 될 것이다."

두 친구에게 말했다.

"두 사람 다 내려놓고 싶은 그것들을 그냥 간직하고 살았으면 좋겠다. 물론 그래도 바꾸고 싶다면 그래도 괜찮다. 그건 너희들 선택이니까 말이다. 하지만 바꾸는 이유가 원래 자신이 부정적이어서가 아니라 그것에다 또 하나의 괜찮은 삶의 태도를 얹어서 더 풍성한 삶을 살아가기 위함이라고 생각했으면 좋겠다. 많이들 힘들었던 것 같다. 지금부터 그 세월 동안 힘들게 투자한 것들을 돌려받을 수 있기를 바란다."

이야기하는 내내 김 회장이 연신 큰 동작으로 박수를 치면서 브라보! 브라보! 하고 외쳤다.

"김 회장. 네가 듣기에도 네가 좀 멋져 보이냐? 어, 그 눈빛은 뭐지? 비웃음이 가득 담긴 졸린 눈 그건 뭐지? 지루하냐?"

"예! 지루하고 졸립니다. 아주 살짝, 진짜 아주 살짝입니다."

네 명의 남자는 상담실이 떠나가라 크게 웃었다.


다음 날 학급 회장 선거를 마치고 세 친구가 상담실로 왔다. 결과는 재환이와 근희 모두 떨어지고 다른 친구가 회장이 되었다.

"누가 이름이 신중이 아니랄까 쳇! 그렇게 신중할 줄 몰랐잖아요. 김신중, 그 자식이 아무 말하지 않고 그렇게 준비하고 있을 줄 우리 모두 몰랐잖아요. 알았으면 제가 담임에게 야단맞지 않았을 텐데…"

"그래도 신중이가 아이들에게 표를 얻을 수 있는 현실적인 공약을 잘 내세운 것은 부정할 수 없는 사실이야. 인정해야지."

"아이 씨. 선생님. 제가 공약도 제대로 준비하지 않고 그냥 말만 번지르르하게 했나 봐요. 제가 연설할 때 아이들이 제일 많이 박수 쳤는데….”

말은 그렇게 했지만, 세 친구의 얼굴에는 후련한 미소가 가득 담겨 있었다.

“그래. 수고들 했다. 이젠 고개 하나 넘었구나. 그나저나 재환이와 근희는 이젠 야인으로 생활하겠구나.”

“아니에요. 제가 학생회 임원들을 모아서 긴급회의를 열었어요. 얘네들 재능이 아깝잖아요. 그래서 재환이는 학생회 고문으로, 근희는 학생회 홍보부 차장으로 함께 활동하기로 했어요. 학생회 친구들도 모두 좋다고 했어요. 선생님. 저 정치 잘하죠? 제가 나서려고 하기보다는 뛰어난 인재를 적절하게 잘 배치하는 연습을 해봤어요. 헤헤.”

교사에게는 즐거움이 여러 가지가 있다. 그중에서 아이들이 성장하는 모습 또는 성숙하는 모습을 보는 것도 큰 즐거움 중 하나이다. 김 회장, 재환이, 근희와 함께 보낸 그 며칠간의 시간은 내 기억 속에 호사스러운 즐거움을 누린 행복한 날들로 남아 있다.

# 시절 인연

불교에서는 모든 사물의 현상이 시기가 되어야 일어난다는 말을 '시절 인연'이라고 한단다. 진로를 생각하거나 진학에 대해 고민할 때 목표를 정하고 나면 뒤를 돌아보는 과정을 거치곤 하지.

목표를 정하기 어려울 때는 살피는 일을 먼저 하기도 하지. 그때 목표를 이루기에 부족한 요소들, 심지어 그 뒤에 숨겨진 사연들까지 보게 될 때가 있어. 예를 들어 생활기록부에 적힌 중간고사 성적과 그때 아버지가 사업에 실패했던 기억이 함께 떠오르는 경우. 굳이 경험하지 않아도 좋았을 상처투성이 기억들, 내 눈앞에 있는 성적으로 아직 상흔이 남아 있는 그것들을 만났을 때, 그것 때문에 앞으로 나아갈 수 없을 때, 마음이 참 아플 거야. 그때 어떻게 하면 좋을까?

그 아픔을 견디기 네가 사용했던 방법들을 생각해 보기 바란다. 힘들겠지만 떠올려보고, 그것이 지금 너에게 어떤 영향을 미치고 있는지를 바라보는 시간을 가져보렴. 사용했던 방법이 긍정적이었다고 생각되면 강점으로 잘 활용해서 진로를 선택할 때 활용하고, 부정적으로 여겨지면, 자신을 꼭 안아주렴. 토닥토닥 등을 두

들겨주렴. 괜찮다고, 괜찮다고 속삭여주렴. 그런 과정을 거치면 말이야. 상처를 경험한 시절이 악연이 아니라 선연이었다는 생각을 하게 될 거야. 지금과 앞으로의 너에게 고운 시절 인연으로 나타날 거야.

연주하는 슈퍼마켓 사장님

봄, 꽃, 청춘, 산들바람, 왈츠. 관현악, 합창, 포만감.

내가 좋아하는 이 단어들이 하나로 어우러져 내 앞에 선물처럼 등장하는 행사가 있다. 봄날, 교정에서 열리는 '런치 음악회'. 관악 반 친구들과 합창반 친구들, 그리고 선생님들이 모여 악기로, 목소리로 음악 잔치를 연다. 산들바람도 적당하게 불고, 벚꽃은 나뭇가지에서 흔들리고 그 중, 성급한 꽃잎들은 시나브로 땅 위로, 우리들의 머리 위로 떨어진다.

지금 연주되고 있는 곡은 내가 제일 좋아하는 〈세컨드 왈츠〉. 눈을 감고 들어도 좋고, 눈을 뜨고 들어도 좋다. 관악반 친구들 사이로 '악기 천재' 인환이가 바이올린을 연주하고 있다. 인환이의 등 뒤로 커다란 베이스 기타가 얌전하게 벽에 기대고 서 있는 것이 보인다. 꼭 인환이 같다.


신입생들을 대상으로 학업 계획에 관해 이야기하고 진로진학 상담을 하는 2월 말에 인환이와 처음 대면했다. 빡빡 민 머리에 큰 덩치, 험상궂은 표정의 인환이. 그 아이는 이야기를 나누는 것이 몹시 귀찮은 듯 잔뜩 짜증스러운 표정을 짓고 있었다.

"이다음에 되고 싶은 것 없어요."

"무슨 과로 갈지 생각해 본 적 없어요."

"그냥 엄마가 이 학교로 가라고 해서, 중학교 친구도 몇 있고 해서 고등학교에 왔어요."

이야기를 나누는 삼십 분 동안 인환이가 한 말은 이 정도였다. 빨리 보내달라는 신호를 온몸으로 보내고 있었다. 초코파이 몇 개를 인환이의 주머니에 넣어주면서 말했다.

"나중에 이야기하고 싶을 때 언제든지 상담실로 와라. 근데 이 말 내가 진심으로 하고 싶어서 하는 말이 아니고, 상담교사가 상담 끝날 때 학생들에게 해야 하는 말이라서 하는 말이야. 그러니까 오고 싶으면 오고, 오기 싫으면 오지 말란 뜻이지. 휴! 나도 너처럼 아무것도 하기 싫다고 말할 수 있었으면 좋겠다. 부럽다."

인환이의 눈이 잠시 동그랗게 되더니 이내 입가에 엷은 미소를 지으며 상담실을 나갔다.

입학식이 끝나고 일주일 정도 지난 후 인환이가 상담실로 왔다. 무엇인가 말하고 싶은 것이 있었으나 어떻게 말해야 할지 몰라 하는 것 같았다. 교복 상의에는 김칫국물이 많이 묻어 있었다. 나는 인환이에게 음료수를 한 컵 주면서 자리에 앉아서 마시고 있으라고 했다. 그리고 교복을 세면대에서 빨기 시작했다. 그런 내 모습을 보더니 인환이가 아주 작은 소리로 말했다.

"엄마, 아빠가 저 때문에 싸우셨어요."

나는 아무 말 없이 김칫국물을 지워나갔다. 마음이 아려와서 비누를 세게 문댔다.

"엄마는 제가 일주일 내내 지각을 하니까 엊저녁에 저에게 심하게 화를 냈어요. 지각을 한 것보다 제가 엄마 말에 아무 대답도 하지 않아서 더 화가 난 것 같아요. 그런 엄마를 보고 아빠는 다 그럴 때가 있다고 하시면서 엄마에게 짜증을 내셨어요. 애를 달달 볶지 말라고 하시고, 저에게는 천천히 생각하라고 하시면서 이다음에 정 안되면 아빠가 할아버지에게 물려받은 재산을 다 물려줄 테니 건전하게 까먹으면서 살면 된다고 어색한 농담을 했어요. 엄마는 그 말을 듣고 아들을 당신처럼 살게 할 것이냐며 소리를 지르셨어요. 그 싸움이 오늘 아침까지 계속 이어지고 그러다가 아빠가 식탁을 치고 김치가 제 교복에 떨어지고…."

"그렇게 힘든 일이 있었는데 학교에는 왜 왔니? 하루쯤 결석할 수도 있었을 텐데…."

"집에 있기는 싫은데 갈 곳이 없었어요. 누구와 이야기하고 싶었지만, 그럴 사람도 없고…. 그러다 선생님 생각이 나서 왔어요."

"친구들하고는 이야기해 봤니?"

"저도 자존심이 있잖아요. 우리 가족 일을 친구들에게 말하기 싫어요."

"그랬구나. 친구들에게 가족 이야기를 하기 싫었구나. 그럼 혹시 너는 친구들에게 그 친구들이 가족들 때문에 힘겨웠던 이야기 들은 적은 있니?"

인환이가 잠시 침묵에 빠졌다. 부분 빨래를 마친 교복을 햇살 쏟아지는 창가에 걸어놓았다. 인환이를 보건실로 데리고 가서 한 시간 동안 잠을 자게 했다. 그날 방과 후 다시 인환이와 이야기를 나누었다.

"넌 언제가 제일 편안하니?"

"친구들하고 놀 때요."

"뭐 하면서 노니? 컴퓨터 게임? 축구나 농구?"

"아니요. 저는 이기고 지는 일은 싫어해요. 그냥 친구들이랑 썰렁한 이야기를 하거나 같이 음악을 듣거나 영화 보고 할 때가 좋아요."

"그렇구나. 그렇구나. 승부를 싫어하는구나. 인환아. 혹시 말이야 너는 평가받으면 불편해지고, 그래서 평가받는 것이 싫고 그러니?"

"많이, 그래요."

"그래. 일반적으로 평가 받는 것이 유쾌하지는 않지. 평가받는 게 왜 그렇게 많이 싫을까?"

"평가가 잘못 나오면 무시당하고 비난받잖아요. 그래서….
아! 그래서 어제랑 오늘도… 아! 그래서…."

인환이는 엄마 아빠가 싸우면서 자신의 미래에 관해 이야기
할 때 부모님께 자신이 평가받고 비난받은 사실 때문에 마음이
상한 것 같다 했다. 아빠가 자신을 생각해서 하신 말씀인데 왜 그
렇게 기분이 우울해졌는지도 조금은 알게 되었다고 말했다. 아빠
의 말을 듣고 자신이 무시당하고 있다는 느낌이 들었던 것 같다
고 했다. 그날부터 인환이와 나는 무엇을 풀고 어떤 매듭을 지은
뒤, 앞으로 나아가야 할지에 대한 이야기를 나누는 여행을 함께
하게 되었다.


동대문 디자인 플라자로 현장학습을 간 날. 학생들은 전시되
어 있는 미술 작품들을 구경하기도 하고 삼삼오오 매점에서 간식
을 먹으면서 수다를 떨었다. 인환이는 두 명의 친구와 함께 의자
에 앉아 조용히 눈을 감고 있었다. 나도 슬며시 그 옆에 앉으려
했으나 아이들이 금방 나를 알아보고 인사를 했다. 인환이와 친
구들은 전시장에 흐르는 음악을 듣고 있었다고 했다. 세 친구 모
두 관악반이었다. 지금 전시장에서 흐르고 있는 음악이 관악반에

서 연습하고 있는 곡과 같아서 신기해하며 듣고 있었다고 했다. 그리고 그중 한 친구가 말했다.

"선생님. 인환이가 음악 천재인 거 아세요?"

"그런 말 하지 말라고 했지! 너는 평생 도움이 안돼!"

또 다른 친구가 말했다.

"팩트는 팩트지! 선생님. 실은 인환이가 천재까지는 몰라도 수재는 분명해요. 얘는 못 다루는 악기가 없어요. 그래서 우리가 실용음악으로 대학 가면 좋겠다고 했더니 그건 또 싫다고 해요. 괜히 빼기는 건 아닌 것 같긴 한데, 조금 아까워요."

"그치? 그치! 그게 제 말이에요. 이 자식 악기 말고는 할 줄 아는 게 하나도 없으면서 괜히 저래요."

나는 평가받는 것을 불편해하는 인환이의 마음을 알기 때문에 빙그레 웃으면서 토닥토닥 다투는 세 친구의 대화를 듣고만 있었다. 실용음악을 전공하려면 대학교에 가기 위해서 시험을 봐야 하고, 그 전에 음악 선생님께 이런저런 평가도 받아야 하는데, 그 과정을 견딘다는 것이 인환이의 심리 상황으로는 쉽지 않았을 것이다. 나는 두 친구에게 양해를 구하고 인환이와 둘만 전시장을 거닐며 대화를 나눴다.

"지금 이 전시장에서 주인공이 누구라고 생각하니?"

"전시되어 있는 그림들 아닌가요?"

"그렇게 생각하는구나. 그런데 너희들은 음악을 듣고 있었잖아."

"아! 그러네요. 저희에게는 음악이 주인공이 되네요."

"그렇지. 어떤 사람들에게는 그림이, 어떤 사람들에게는 음악이, 선생님처럼 너희들을 인솔해 온 교사들에게는 너희들이 이 공간 안에서 주인공이지. 하지만 많은 사람들은 이 전시회를 보고 난 후 다른 이들에게 미술 전시회를 보고 왔다면서 일종의 평가를 할 것이야. 음악에 대해선 그리 많은 평가를 하지 않을 거야. 너희처럼 몇 명의 사람이 음악을 들었다고 하고, 학교에서 연습하던 곡과 같아서 신기했다고만 말할 거야.

세상에는 말이야. 평가를 받지 않아도 주인공이 될 수 있는 것들이 있단다. 인환이는 다른 이들의 시선이 중심이 되는 평가보다 네가 주인공이 되는, 그러니까 네가 무엇을 좋아하는지 먼저 생각하는 연습을 하는 시간이 필요한 것으로 보인다. 그래야 네 마음이 조금은 더 편안해질 것 같다."

우리는 잠시 말없이 어린 아가가 큰 베이스 기타를 연주하고 있는 모습을 그린 그림 앞에 서 있었다.

"넌 어떤 악기를 제일 잘 다루니?"

"다 조금씩은 해요. 특별한 건 없고요."

"그렇구나. 가장 잘 다루는 악기가 생기면 어떤 일이 벌어질까? 다른 악기는 못 다루게 되는 것일까? 그 악기를 잘 다루는 것 때문에 어떤 평가를 받게 되는 것이 네 발목을 잡을까? 어쩌면 말이야, 인환이는 어느 것을 잘한다고 이야기 듣는 것보다, 어느 것을 못 한다고 비난받는 것이 더 싫었을 수도 있을 것 같다는 생각이 드네."

인환이는 물끄러미 그림을 바라보았다. 인환이를 남겨두고 나는 다른 친구들을 지도하기 위해 움직였고, 그 자리에 두 친구가 들어서서 인환이와 함께 그림을 바라보았다. 서로 어깨동무를 하고 바라보고 있었다.


진로 체험의 날. 학생들과 함께 공정무역을 활용해서 '착한커피'를 판매하는 동네 카페를 방문하였다. 커피의 유통과정과 카페의 의미에 관한 수업을 듣고, 음료들을 시음하는 즐거운 시간이었다. 체험학습 한 날, 다음 주에 인환이는 음악을 전공한 카페 주인과 이야기하는 시간을 가졌다.

"카페에 흐르는 음악이 제 취향이어서 사장님께 음악에 대해 여쭤보고 싶다고 했어요. 사장님은 웃으시면 언제 시간이 되냐고 물으셨어요. 제가 시간이 되는 날, 카페에서 푸지게 이야기 나눠보자고 하셨어요.

사장님이 저에게 그러셨어요. 어떤 직업에 종사하는 사람을 전문가와 애호가로 구별할 수도 있다. 전문가는 매우 능력이 뛰어난 동시에 다른 이의 인정을 받아야 해서 살짝 부담스러울 수도 있다. 애호가는 어떤 분야를 자신이 선택할 수 있고, 다른 애호가들과 함께 즐길 수 있다는 면에서 매력적이라고 할 수 있다. 내가 카페를 운영하는 이유는 애호가적 성격이 강하다. 특히 카페에 흐르는 음악의 경우는 더 그렇다. 내가 좋아하는 음악을 손님들과 함께 나누면서 시간은 참 행복하다. 여기 우리 카페 초기에 활용했던 음악을 USB에 담아보았다. 아저씨가 주는 선물이다. 악기 다루는 것을 좋아한다고 하니 이다음에 우리 카페에 와서 아저씨랑 연주해 보자. 음악 애호가들끼리 말이야. 이렇게 말씀하셨어요. 음성도 좋고 말씀도 잘하셔서 여쭤보니 음악 전문 목사님이셨어요. 헤헤."

인환이의 웃는 모습을 처음 보았다. 참 귀여웠다. 이제 슬슬 상담을 매듭지을 때가 되었음을 알아차렸다.


인환이가 다소 상기된 얼굴로 호들갑스럽게 상담실로 들어섰다.

"선생님. 저 좋아하는 악기가 생겼어요."

인환이의 등 뒤에 커다란 일렉트릭 베이스 기타가 있었다.

"베이스 기타에서 울리는 소리가 심장을 울리면서 흥분되기도 하고, 어떨 땐 마음이 안정되기도 하고 그래요. 저는 얘가 진짜 좋아졌어요."

"와! 진짜 잘 되었다. 어디 선생님도 그 악기 만져보자. 이 친구, 인환이처럼 듬직하게 생겼네. 평생 친구로 잘 지냈으면 좋겠다."

그날 방과 후 인환이와 마주 앉았다.

"궁금한 게 있는데 말이야. 대답하기 불편하면 이야기하지 않아도 괜찮아. 인환아. 아버지 재산이 정말 많니?"

"실은 아빠가 아니고 엄마, 그러니까 정확히 말하면 외할아버지께서 재산이 많으셨어요. 슈퍼마켓을 다섯 개나 운영하셨거든요. 아빠가 워낙 공부도 잘하고 성격이 좋아서 외할아버지께서 아빠에게 가게를 다 넘기셨어요. 엄마는 생각이 다르셨나 봐요. 아빠가 다른 큰일을 하실 줄 아셨대요. 슈퍼마켓은 엄마가 운영하려고 했대요. 근데 아빠는 슈퍼마켓 운영하는 것만 하셨어요. 재산을 사회에 환원해야 한다면서 슈퍼마켓 두 개는 다른 사람에게 넘겼어요. 실은 장사가 잘 안되어서 다섯 개 있던 가게가 세 개로 줄어든 거죠. 그래도 아빠는 여전히 즐거워하세요. 한 슈퍼에서는 디제이처럼 음악 방송도 하세요. 그럭저럭 엄마가 운영을 잘하셔서 겨우 적자는 면하고 있다고 하세요."

"그랬구나. 아버지는 슈퍼를 운영하시고, 음악을 즐기면서 사시는구나. 어머니는 슈퍼 운영을 잘하시는 분이구나. 그래. 이제 선생님이 우리가 처음 만날 때 했던 질문 다시 할게. 어떤 학과에 진학해서 무엇이 되고 싶니?"

"정확한 학과 이름은 모르겠는데요. 슈퍼마켓을 잘 운영하는 데 도움이 되는 학과로 가고 싶어요. 가능하다면 두 개의 슈퍼마켓을 다시 인수하고 싶기도 하고요."

"그럼, 음악은 취미로 할 예정이니? 가게 하면서 음악을 취미로 하기가 쉽지는 않을 텐데…."

"카페 사장님처럼 제가 좋아하는 음악을 골라서 슈퍼에 흐르게 하고 싶어요. 제 일터에서 제가 좋아하는 음악을 손님들과 함께 듣고 싶어요. 그리고 가끔 슈퍼 앞에서 버스킹처럼 연주하는 행사도 하고 싶어요. 어머니께 가게 경영하는 법을 배우면서 함께 슈퍼도 운영하고, 아버지는 계속 디제이를 하실 수 있도록 도와드리고 싶어요. 저는 관악반 친구들을 불러서 가게 앞에서 음악공연도 하면서 그렇게 살고 싶어요. 천재라는 소리 듣지 않고도 제가 주인공이 되는 행복한 음악 애호가가 되고 싶어요."

"그렇군요. 음악 애호가의 길을 선택하셨군요. 구인환 씨! 평가와 비난에서 자유로워지고, 내 인생의 주인공이 되는 걸음을 시작하셨네요. 박수를 보냅니다!"

그렇게 우리의 상담은 매듭지어졌다.

대중가요 가사처럼 봄바람 휘날리며 흩날리는 벚꽃잎이 비처럼 내리는 가운데 런치 음악회가 끝났다. 자리를 정리하기 위해 마지막까지 남아 있던 인환이가 후 나를 보고 환하게 웃었다. 그날은 요즘 후배에게 베이스 기타를 알려주는 일이 재미있고, 경영학과 관련, 그중에서도 소비자 심리에 관한 책을 찾아 읽고 있으며, 주말마다 고등학교 연합밴드에서 활동하고, 틈틈이 슈퍼마켓에서 부모님 일을 도와주며 지낸다는 인환이의 수다를 들으며 행복한 시간을 보낸 그해 봄날이었다.

# 꽃삽과 총

네 앞에는 쇠가 있어. 그것으로 꽃삽과 총을 만들 수 있다면 어느 것을 선택하겠니?

평화를 원하는 너는, 꽃삽을 만들겠다고 말하고, 누군가를 지켜야 할 다른 너는, 총을 만들겠다고 하겠지. 너만의 특별한 상황 때문에 마음속에 있는 생각과 다른 말, 할 수도 있겠지. 아! 그럴 수도 있겠다. 하나를 먼저 만들고 다음에 그걸 녹여서 다른 것을 만들고 싶다거나 두 개를 동시에 만들고 싶다고 이야기할 수도 있겠다. 정답을 원하는 질문은 아니었어. 너에게 쇠가 있다는 사실을 잊지 않았으면 하는 마음에서 물어본 말이란다.

백제의 계백 장군이 황산벌에서 적과 싸우게 되었는데, 무조건 질 수밖에 없는 상황이었단다. 장군은 이렇게 명령을 내렸단다.

"모두 살아서 집으로 돌아가라! 이것이 마지막 명령이다!"

야사野史로 전해지는 이야기지만 되새겨볼 만한 의미가 있는 이야기야. 전쟁터에서 승부에 집착하는 것이 아니라 부하를 더 소중하게 생각했던 장군 계백. 우리는 지금까지 그를 명장으로 기억하고 있어.

현실과 미래에서 너에게 가장 소중한 것은 무엇이었을까? 친구야. 어떤 직업을 선택할지 결정하기에 전에 무엇을 할 때 너를 가슴 설레게 하고 즐겁게 하는 지 곰곰이 생각해보길 권할게. 그런 생각을 하며 내린 결론은 너에게 타인의 평가로부터 자유로워지게 하는 마법을 선물할 거야. 그리고 그 소중한 것은 아마 그리 먼 곳에 있지 않을 거야.

정미애 가수처럼 삶을 즐기기로 약속한
경영학도

학교는 축제의 열기로 들끓고 있었다. 교내외에서 모여든 이 팔청춘들이 갖가지 모양으로 무대를 휩쓸고 다녔다. 간간이 초대 손님으로 등장하는 선생님들과 화려한 각 학교 응원단 앞에서 학생들은 온몸으로 환호를 질러댔다.

교내 제일의 가수 민호의 순서. 정적이 흘렀다. 숨소리조차 들리지 않았다. 민호는 반주도 없이 소리로만 노래를 부르기 시작했다. 김광석의 〈기대어 앉은 오후〉. 나지막한 소리로 무심하게 툭툭 내뱉는 민호의 노래와 숨소리가 강당을 채워나가기 시작했다. 노래가 끝난 후 아무 소리가 들리지 않다가 사방에서 물개 박수가 터져 나오기 시작했다. 눈시울 붉어진 친구들이 보였다. 내 옆에 앉아계신 여선생님은 멍하니 있다가 주르륵 흘러내리는 눈물에 깜짝 놀라셨다. 나도 울었다. 그리고 민호의 슬픈 감성에는 어떤 사연이 담겨 있을지 궁금해졌다.

고3 민호와 진로 상담을 하게 되었다. 경영학과. 민호가 내민 상담 신청서에는 음악과 관련된 내용이 한 줄도 없었다. 그럴 수도 있다고 생각했다. 나는 그보다 신청서를 작성할 때 화상을 입은 것 같이 손등에 난 작은 상처들이 더 신경 쓰였다.

"손에 상처가 많네."

"제가 치킨집에서 알바를 해요. 치킨을 튀기다가 이렇게 되었어요. 요즘은 익숙해져서 괜찮아요."

"주방에서 일을 하는구나. 튀김 요리하다 보면 목에 안 좋을 수도 있는데…."

"어차피 가수 꿈은 포기했는데요. 뭐."

"선생님은 민호 팬인데. 민호가 가수 되면 팬클럽에도 가입하려고 했는데…."

민호가 어색하게 웃었다. 그 웃음이 참 쓸쓸했다.

"선생님. 지금 제 내신이면 어느 대학 갈 수 있어요?"

"이 점수로는 서울에 있는 대학은 좀 어렵고. 지방에 있는 대학 경영학과는 가능하겠다. 어? 너 왜 웃니? 지방대 가는 게 좋니?"

"예. 선생님 저는 지방대 가고 싶어요. 제가 태어난 섬 근처에 있는 대학으로 갈 수 있으면 더 좋겠어요."


민호는 둘째로 태어났다. 민호 형은 어려서부터 음악에 천재적 소질을 보였다. 민호는 부모님께 늘 형 다음이었다. 그래도 좋았다. 학교 공부에 레슨까지 받느라 시간이 없는 형과 달리 민호는 바닷가에서 친구들과 자유롭게 놀 수 있었다. 가끔 바다에서 혼자 소리 지르며 노래 부르는 것도 재미있었다. 멸치잡이 배 세 척을 운영하는 아버지는 정이 많은 분이셨고 피아노 학원을 운영하는 어머니도 따스한 분이셨다. 민호의 우상이었던 형은 늘 민호에게 다정했다. 음악 공부를 위해 어머니와 형은 서울로 이사를 갔다.

그즈음부터 아버지의 사업이 내리막길을 걷기 시작했다. 혼자 남은 민호는 아버지의 술주정을 고스란히 받아내는 시간을 보내야 했다. 아버지는 사업을 정리하고 민호와 함께 서울로 올라왔다. 어머니는 피아노 학원을 다시 시작하고 아버지는 학원 영업을 도와드리고 형의 운전기사 역할을 했다. 그때까지는 행복했다. 그런데 형이… 하늘나라로 가버렸다.

"교통사고는 남에게만 일어나는 일인 줄 알았어요. 어머니는 음악은 쳐다보기도 싫다고 하시면서 피아노 학원을 접으셨어요. 아버지는 택배하시고 대리운전하시면서 생활비를 벌고 계세요. 아버지께 감사하고 죄송해요. 좋아하던 술도 딱 끊으시고 가족들을 위해 일하시는 걸 보면 존경스럽기까지 해요."

"그렇구나. 민호가 왜 알바를 하는지, 왜 경영학과로 가려 하는지 잘 알겠다. 선생님에게 이야기해 줘서 고맙다. 그런데 왜 고향 근처에 있는 대학으로 가고 싶어 하니?"

"실은 지난 주말에 고향에 혼자 다녀왔어요. 추운 바닷가에서 노래를 부르려고 했어요. 그런데요, 선생님. 노래가 안 나오더라고요. 배에서 목까지는 소리가 올라오는데 입에서 나오질 않았어요. 그래서 펑펑 울기만 했어요. 뭘 어떻게 해야 할지 모르겠어요. 어디로 가야 할지 알 수가 없어요. 사실 부모님 몰래 오디션도 몇 번 봤어요. 제 실력만으론 직업 가수가 되기는 어렵다고 보컬코치님들이 그러셨어요. 연습하고 또 연습하면 생활비 정도는 버는 가수가 될 수 있을 것 같다고 했어요. 그런데 문제는 연습하고 또 연습할 때 돈이 너무 많이 든대요. 그래서 저보고 다른 길로 가는 게 좋다고 말씀하셨어요."

"그랬구나. 선생님 생각보다 민호가 더 많이 힘들었구나. 민호야. 선생님의 민호 이야기를 듣다 보니 가수 정미애 씨가 했던 말이 떠오르네."

"어떤 말이요?"

"가수는 못 되어도 노래는 계속 부르고 싶어요."


정미애 씨는 트로트 가수다. 전국 노래자랑 연말 결선에서 수상을 하면서 가수가 되었지만 여러 가지 사정으로 인해 대중가수 활동을 하지 못했다. 그러다가 오디션 프로그램에서 수상하면서 이름을 알리게 되었다. 그러나 그녀는 설암에 걸려 가수의 생명인

혀를 절개해야 했다. 그런 그녀가 노래를 다시 시작했다. 치료를 마친 후에 그녀가 신곡을 들고 다시 방송에 등장하던 날, 사회자가 어떻게 아픔을 극복했냐고 물었을 때 그녀는 수줍게 말했다.

"노래를 계속 부르고 싶어서요. 제 노래를 들어주시는 분만 계신다면 어디에서든지 노래를 부르고 싶어요."

내가 이야기하는 동안 민호는 휴대폰으로 정미애 가수와 관련된 기사를 검색했다. 그리고 처음으로 환하게 미소를 지었다.

"저 혼자만 그런 게 아니었네요. 저는, 제가 제일 힘든 줄 알았어요. 이분에 비하면 저는 아무것도 아니네요. 그런데요, 선생님. 제가 노래로만 먹고 살 수는 없잖아요. 그리고 이건 다른 이야긴데요, 생활기록부에 적으려고 경영학 책 몇 권 읽었어요. 생각보다 괜찮더라고요. 그래서 저는 그냥 경영학과 가려고 해요."

"오해하고 있나 보다. 선생님은 경영학과로 가지 말라고 하는 것이 아니고 노래를 포기하지 말라고 한 거야. 아버지가 물려주신 유전자를 마음껏 사용하면서 경영학도의 길을 가고, 어머님께서 물려주신 음악 유전자를 잘 활용하면서 가수는 못 되어도 노래는 부르며 살았으면 하는 말이야."

"어떻게 그렇게 해요?"

"민호야. 네가 만날 스무 살 세상은 너에게 다른 기회를 선물할 거야. 서른에는 또 서른의 세상이 네 앞에 펼쳐질 것이고 말이야. 음악과 함께하는 스무 살, 서른 살 이후의 세상에 대한 기대를 내려놓지 말길 바란다. 이렇게 해보자. 선생님이 우리 학교 음악 선생님, 그리고 선생님이 잘 아는 실용음악 학원 원장님과 상담할 수 있도록 다리를 놓아줄게. 입시 상담이 아니고 일생을 음악과 함께 지내는 방법에 대해 그분들과 이야기를 나눠보렴."

얼마 후 민호의 부모님을 만났다. 축제 때 민호가 노래를 부르는 모습이 담긴 동영상을 보여드렸다. 어머님이 우셨다. 그 노래는 민호 형이 가장 좋아하는 곡이었다고 했다. 아버지는 민호에게 참 많이 미안하다고 하셨다. 그동안 아들을 둘이나 잃은 상태로 지낸 것 같다고 하셨다.

나는 민호가 두 분을 얼마나 존경하고 사랑하는지 말씀드렸다. 그리고 진지하게 미래의 민호 팬클럽 회원으로서 부모님께 말씀드렸다. 대학은 경영학과로 보내시길 바라고, 나는 민호가 노래와 친하게 지낼 수 있도록 힘이 닿는 한 계속해서 애프터서비스를 하겠다고 하였다. 그건 강당에서 불렀던 민호의 노래 덕분에 내 마음이 정화된 것에 대한 보답이라고 하였다. 그리고 민호가 자신의 길을 잘 걸어갈 수 있으려면 부모님께서 즐겁게 살아가는 모습을 보이셔야 한다고, 용기 잃지 마시길 바란다고 말씀드렸다.

부모님이 다녀가신 다음 날 민호를 불렀다. 음악 전문 서적을 다루는 독립 서점에 아르바이트 자리를 말해 놓았으니 치킨 가게 아르바이트를 그만둘 수 있으면 그리로 옮기라고 했다. 민호는 감사하지만 옮기지 않겠다고 했다. 치킨 가게 사장님께 가게 운영에 대해 배우고 있다고 했다. 목이 상해도 계속하겠느냐는 말에 한동안 침묵하다가 말했다.

"가수는 못되어도 노래는 계속 부르려고 해요. 걱정 마세요. 선생님."

다음 날 다시 민호를 상담실로 불렀다. 그리고 텀블러를 선물했다.

"계속 일을 해야 할 이유가 분명하니 선생님이 더 말하지 않겠다. 자주 물 마셔가면서 일해라. 나는 네 노래 계속 듣고 싶다."

텀블러를 만지작거리면서 민호가 말했다.

"제 공연 때 선생님은 평생 무료로 입장시켜 드려야겠네요."

민호가 웃으며 말했다. 그 웃음, 그 말은 민호가 부르는 아름다운 노래였다.

# 둘째

줄다리기 시합할 때 언제 가장 허무할까? 상대방에 끌려가다가 패배할 때일까? 그보다는 상대방이 줄을 놓고 가버릴 때가 더 허무하지 않을까? 나는 누가 날 미워하는 것보다 나를 기억하지 못할 때 더 슬프더라.

라이벌이란 말, 알지? 경쟁을 통해서 서로를 인정하고 성장하게 만드는 관계, 라이벌. 둘째들은 이 세상에 태어났을 때 첫째와 만나게 되잖아. 둘째는 첫째와 경쟁하다가 같은 길을 가는 것은 별로 승산이 없다고 판단하고 무의식적으로 다른 길을 가게 되지. 첫째가 자신의 롤모델일 때는 더 그렇지. 그런데 말이야. 둘째인 네가 라이벌이자 롤모델인 첫째와 헤어지는 순간을 만나게 될 때가 있거든. 그 시간은 너에게 어떤 의미일까? 난 그 시간이 네가 가족이란 울타리에서 자유롭게 세상을 향해 나올 수 있는 출발점이라고 생각해.

친구야. 첫째와 너 사이에 놓인 줄은 잠시 외면하고 자신과 건너편에 서 있는 첫째를 가만히 바라보렴. 삶을 뒤돌아보면 이겼다고 생각했던 일이 진 것이고, 졌다고 생각했던 일이 이긴 것이라고 여겨질 때가 있어. 때론 승부는 중요한 것이 아니란 생각도 하게 되고 말이야. 그저 줄다리기할 수 있었다는 기억만 난단다. 정말 소중한 것은 맞은 편에 너와 함께 줄다리기하면서 살아간 그 사람이고, 그 사람 덕분에 성장한 너 자신이거든.

스포츠 상담사의 아모르 파티

한솔이가 어색한 미소를 지으며 상담실로 들어섰다. 한참을 쭈뼛거리고 서 있었다. 동글동글하게 생긴 외모만큼이나 평소에 부드럽게 행동하는 한솔이. 나는 장난기가 발동하여 아무 말하지 않고 가만히 한솔이를 바라보며 웃기만 했다.

"저, 음, 저… 선생님. 혹시 제 동생이 초등학생인데 상담해 주실 수 있나요?"

"한솔이 동생? 한솔이 동생이니까 두솔이?"

"아니에요. 다솔이에요. 야, 마다솔!"

한솔이가 복도를 향해 소리를 질렀다. 한솔이가 그렇게 위엄 있게 소리를 지르는 것을 처음 들은 나는 살짝 놀랐다. 형 뒤에 숨은 채 까무잡잡한 얼굴만 내민 다솔이는 형보다 훨씬 귀여운 소년이었다.

"네가 다솔이구나. 이리 와봐라."

다솔이는 형의 눈치를 보면서 살금살금 내 옆으로 다가왔고, 나는 상담용 책상 위에 있는 과자와 음료를 가리키며 마음껏 먹으라고 했다. 얼굴에 웃음꽃이 마구마구 피어난 다솔이는 찡그린 형의 표정은 바라보지도 않고 책상에 앉아 초코파이와 음료를 맛있게 먹기 시작했다.

"한솔아. 그런데 어쩌지? 네 동생은 우리 학교 학생이 아니

라서 내가 학교에서 상담하기가 좀 어려워. 그리고 초등학생이라
서 부모님께 허락도 받아야 하고 말이야."

"그러시죠. 그래서 저도 계속 망설였어요. 죄송해요. 선생님.
부담을 드려서."

"죄송하기는 뭘. 그런데 망설이면서도 선생님께 상담을 부탁
한 이유가 있을 텐데 그건 좀 궁금하네. 다솔이네 학교에도 상담
선생님이 계실 텐데 말이야."

"실은 다솔이는 축구선수였어요. 그런데 작년, 그러니까 5학
년 겨울방학 때 훈련하던 도중에 다쳐서 이젠 축구를 못 하게 되
었어요. 성장판을 다쳐서 선수 활동을 하기는 어렵대요. 수업 시
간에 선생님께서 중학교 때 씨름하다가 무릎을 다쳐서 운동선수
생활을 못 하게 됐다고 하신 말씀이 기억났어요. 그래서 선생님께
서 다솔이에게 도움을 주실 수 있을지 모르겠다고 생각했어요."

다솔이가 한솔이의 뒤에 와서 무엇인가 애절한 눈빛을 하며 나
를 바라보고 서 있었다. 나는 다솔이를 향해 빙긋 웃으며 말했다.

"마다솔! 더 먹어도 괜찮아. 사나이가 배부를 때까지 먹을 줄
도 알아야지!"

다솔이가 꾸뻑 인사를 하고 다시 책상에 앉아서 과자들을 먹
기 시작했다. 귀여운 그 모습만 보면 걱정이 하나도 없는 친구 같

았다. 그렇지만 다솔이의 마음속에 있는 불안과 공포를 생각하니 내 마음이 아렸다. 그건 어쩌면 애써 감춰두었던 내 상처의 신음일 수도 있었다.

"한솔아. 일단 하루만 선생님에게 생각할 시간 좀 주겠니?"

나는 그날 저녁 늦게까지 상담실에 있었다. 어둠이 내려앉은 교정을 바라보며 나의 중학교 시절을 떠올렸다. 가난했다. 씨름을 하면 먹고 살 수도 있을 것이라는 생각에 체육 선생님의 제안을 아무 거부감 없이 받아들였다. 부모님도 별 반대가 없으셨다. 아마 내가 취미 정도로 씨름을 생각하고 있는 줄 아셨던 것 같다. 운 좋게 중학교 씨름판에서 인정받는 선수가 되었다. 2학년 가을에 씨름의 명문 H고등학교에서 스카우트 제의를 받았고, 고등학교 형들과 함께 연습도 했다.

그러던 중 서울시 종별 선수권대회에서 슬개골이 부서지는 부상을 당했고 선수의 꿈을 접어야 했다. 그래서 중학교 3학년 한 해는 내 삶에서 가장 우울하게 보낸 시간이었다. 그 후 나의 삶은 비교적 순탄했으나 그때의 우울감은 삶의 곳곳에 숨어 있다가 잊을 만하면 떠올라 내 가슴을 답답하게 만들었다. 그리고 오늘 착하고 귀여운 형제 한솔이와 다솔이를 만났다. 어쩌면 이 만

남은 애써 무의식 속에 감춰두었던 나의 상처를 아물게 하는 작업일 수도 있다고 생각하였다.

다음 날 나는 교감 선생님과 교장 선생님께 상황을 설명하고 한솔이와 다솔이를 함께 상담하는 조건으로 상담 허락을 받았다. 한솔이 담임 선생님과 부모님께도 말씀드리고 상담 방향도 함께 의논하였다. 그리고 다솔이 담임 선생님과 상담 선생님께도 말씀 드리고 양해를 구했다. 그렇게 다솔이와의 상담은 시작되었다.

"한솔이는 다솔이 옆에 있다가 궁금한 것은 나에게 물어보고, 선생님이 혹시 말을 어렵게 하면 다솔이에게 설명하는 역할을 해주렴. 내가 알아야 할 부분을 보충 설명해 줘도 괜찮고."

한솔이는 빙그레 웃으며 고개를 끄덕거렸고, 다솔이는 아주 심각하고 날카로운 표정을 지으며 나를 바라보았다. 승부사의 기질이 느껴졌다. 운동을 했던 친구가 틀림없었다.

"다솔아. 선생님이 좀 어려운 질문 하나 할게. 어려우면 어렵다고 말해주면 고맙겠다. 자, 우리, 마다솔 어린이의 가장 큰 고민을 한마디로 말한다면 뭘까요?"

"저 뭐 먹고 살아요?"

"먹고 사는 게 제일 큰 고민이구나. 축구를 못 하게 되어서 그런 "이십 년 전에 네 형 한솔이가 나에게 상담을 거니, 아니면 그런 고민을 하게 된 다른 이유도 있니?"

"둘 다요. 선수를 못하게 되고 나서 교실에서 수업받는 시간이 많아졌어요. 그런데 수업이 너무 어려웠어요. 어떤 과목은 무슨 말인지 하나도 알아듣지 못했어요. 남한테 지는 게 너무 싫은데 교실에서는 매일 지는 게임만 하는 것 같았어요. 우리 반 은하는 수학 문제를 잘 풀고 철빈이는 국어를 잘하고 민영이는 영어를 정말 잘해요. 하늘이는 악기를 잘 다뤄요. 유학도 생각한대요. 애들이 다 한 가지씩 잘하는 게 있는데 전 아무것도 못해요. 그래서 이다음에 먹고 살 수 없을 것 같아요."

"선생님이 궁금한 게 하나 있는데 넌 어떻게 반 친구들이 뭘 잘하는지 그렇게 잘 알고 있니?"

"얘, 자리가 교실에서 제일 뒷자리예요. 공부는 하지 않고 여기저기 두리번거리기만 해서 그럴 거예요."

"아니거든. 선생님. 그게 아니고요. 제가 축구선수 할 때 골키퍼였어요. 그래서 관찰하는 훈련을 많이 받아서 그런 거예요."

"어? 너 왜 형한테는 그 얘기 안 했어?"

"형이 말할 시간을 안 줬잖아. 그리고 그렇게 말하면 축구 생각나서……."

다솔이가 울먹거렸고, 머쓱해진 한솔이가 다솔이의 어깨를 도닥거렸다.

"힘들었을 텐데 이야기해 줘서 고맙다. 다솔아. 선생님이 하나 더 물어볼게. 너는 그런 반 친구들을 보고만 있었니?"

"아니요. 친구들에게 가서 솔직하게 제 마음을 이야기했어요. 너 진짜 국어 잘한다. 넌 어떻게 그렇게 악기를 잘 다루니? 나는 네가 참 부럽다. 뭐 이렇게요."

"가만있어 봐라. 그것도 골키퍼가 하는 일이랑 비슷할 수도 있겠다."

"맞아요. 골키퍼는 공을 잘 막기도 해야 하지만 우리 편 선수들을 격려하는 역할도 해요. 진짜 멋진 자리예요."

"그럼. 그 친구들은 너에게 어떻게 했니? 너에게 와서 수학도 가르쳐 주고, 악기 연주하는 법도 알려주고 그랬니?"

"아니요. 쉬는 시간만 되면 제 자리에 와서 자기 이야기만 막 하다가 가요. 어떨 때는 먼저 하겠다고 싸우기도 했어요. 저는 그냥 듣기만 했는데 지들 혼자 말하면서 웃다가 심지어 울기까지 해요. 저는 아무 말도 안 했는데 고맙다고 하고는 그냥 가요. 왜 그러는지 모르겠어요."

"선생님. 다솔이 지난달에 반에서 '고마운 친구' 상도 받았어요."

"그렇구나. 다솔이가 고마운 친구였구나. 그런데 즐거운 이야기를 하고 있는데 우리 다솔이 표정이 좀 어둡네."

"'고마운 친구' 상이 저를 밥 먹고 살게 해주는 것은 아니잖아요."

"그래. 다솔이 말이 맞다. 자, 그럼 오늘 상담은 여기까지 하고 다음 주에 답을 찾는 상담을 하는 걸로 하자. 우선 오늘 다솔이의 고민을 해결해 줘야겠다. 짜장면 콜?"

다솔이가 콜! 하고 크게 외치고 한솔이는 빙그레 웃었다. 세 남자는 중국집에 가서 짜장면과 탕수육을 배부르게 먹고 헤어졌다.


두 번째 상담 날.

"다솔아. 선생님이 곰곰 생각해 보았는데 너는 이다음에 상담사가 되면 좋겠다."

"상담사요?"

"그래. 다른 사람을 잘 관찰하고, 장점을 적극적으로 칭찬해 주고, 다른 사람의 이야기를 잘 들어주는 것은 쉬운 일이 아니란다. 연습을 많이 해도 어려운 일이란다. 그런데 너에게는 그런 재주가 있어. 골키퍼를 한 덕분인 것 같은 생각도 드네. 상담사는 남의 고민을 들어주는 직업인데, 너에게는 아주 잘 맞을 것 같아."

"저, 그거 할래요. 우리 엄마도 상담사 그거 하는 분이거든요."

"야, 엄마는 화장품 상담해 주는 분이야. 선생님이 말씀하시는 상담사랑은 다른 거야."

"그렇구나. 어머님께서 화장품 상담해 주는 일을 하시는구나. 사람을 아름답게 해 준다는 점에서는 그것도 좋은 상담이라고 선생님은 생각한다."

"선생님. 상담사 그거 하면 먹고 살 수 있어요?"

"그럼."

큰 소리로 웃으면 신이 난 다솔이를 보면서 유쾌한 상담은 일단 그렇게 끝났다.


"선생님, 기억하실지 모르겠어요. 한솔이 형이랑 함께 상담받았던 다솔이에요. 세월 참 빠르네요. 십오 년 만에 인사드려요. 그동안 연락도 못 드리고, 죄송한 마음이 먼저 앞서네요. 건강하시죠? 여기 미국이에요. 상담을 공부하기 위해 미국에 와 있어요. 대학 과정은 다 마치고 이제 다음 단계를 밟으려고 하는데 구체적으로 어느 분야를 해야 할지 조언받고 싶어서 연락드렸어요.

스포츠 상담을 선택하는 게 좋겠다고요? 운동을 하다가 다친 친구들, 또 운동선수의 길을 가는 동안 고민이 생긴 친구들의 마음과 만나는 일이 제게 어울린다고요? 사실 저도 그렇게 생각하고 있었어요. 선생님 말씀 들으니까 확실하게 결정할 수 있을 것 같네요. 고맙습니다. 늘 제가 망설이는 순간마다 길을 안내해 주셔서. 예? 아니라고요. 선생님께 고마워할 것이 아니라 상처 입었던 다친 제 무릎에 감사해야 한다고요? 그 덕분에 이 자리까지 올 수 있었다고요? 인생은 상처가 준 선물로 가득 차 있다고요? 제가 상담사의 길을 걸어갈 때 만날 내담자들에게 그 선물을 발견하게 해주기에 저는 충분한 사람이라고요? 선생님. 감사해요. 제 상처가 저를 빛나게 해준다고 생각하게 해 주셔서 감사해요."

그로부터 다섯 해가 흘렀다. 아주 건장하게 생긴, 그러나 여전히 귀여운 얼굴을 한 다솔이와 중국집에서 짜장면과 탕수육을 먹었다. 이번 음식값은 다솔이가 냈다. 향기 좋은 커피를 앞에 놓고 이런저런 이야기를 나누면 웃음꽃을 피웠다.

"그런데 다솔아. 왜 얼굴 한쪽에 그늘이 보이니?"

"어? 그게 보이세요? 에이, 오늘은 그냥 편안하게 선생님 대접하려고 했는데, 선생님께 부담을 드리게 되네요."

"이십 년 전에 네 형 한솔이가 나에게 상담을 부탁했을 때, 부담을 드려서 죄송하다고 했는데, 역시 형제는 못 속여. 괜찮아. 품앗이하면 되는 거야. 나도 나중에 마 상담사님께 상담받을 때가 올 거야. 나도 운동선수 출신이잖아. 하하"

다솔이는 함께 웃었지만, 자신의 고민을 말하지 않았다. 음식점을 나와 옛날에 상담을 나누었던, 이제는 퇴임한 학교로 들어섰다. 학교를 천천히 걷고, 운동장에서 옛날 상담실이 있던 자리를 함께 바라보았다.

"선생님 덕분에 먹고 사는 문제는 해결할 수 있게 되었어요. 이 길은 어렵지만 가 볼만한 길인 것 같고요. 그런데 기운이 하나도 없고 무력해지는 현상이 자주 일어나요. 패턴을 점검 해보니까 새로운 일을 시작 할 때마다 그런다는 것을 알게 되었어요. 자기분석도 하고, 다른 상담사에게 상담도 받으면서 초등학교 때 축구선수를 못하게 되었을 때 느낀 좌절감을 완전히 풀어내지 못해서 그랬다는 것을 깨달았어요. 덕분에 좀 나아지긴 했지만, 아직도 힘드네요."

아주 오랜 시간 침묵이 흘렀다. 다솔이의 눈에선 눈물이 흐르고 교정에는 강한 바람이 계속 지나갔다. 학교 건물 꼭대기에 있는 교기와 태극기가 바람에 흔들리고 있었다. 나는 아주 작은 소리로 혼잣말하듯 이야기했다.

"저 깃발은 참 낡았다. 한 삼십 년은 되었을 것 같네. 얼마나 많은 바람이 저 깃발을 흔들고 갔을까? 그 바람들은 다 어디로 갔을까? 바람은 가고 없지만 깃발은 그대로 그 자리에 있네. 깃발과

바람, 누가 더 힘이 셀까? 깃발은 바람에 시달린 것일까? 어쩌면 바람들은 깃발을 흔들려고 왔다 간 것이 아니라 그 자리에 있어 준 것이 고마워서 온몸으로 포옹을 한 것은 아닐까? 바람 때문에 아프지만 그 아픔보다 깃발이 더 큰 존재이기 때문에 바람마저 품어내며 저 자리에 서 있는 것은 아닐까? 불쑥불쑥 나타나는 그 아픔이, 그 힘겨움이, 그 절망이, 그 상처가 나와 반대 쪽에 있는 것들이 아니라 그것 또한 내 안에 있는 내 삶이 아닐까? 애써 밀어내려 하지 말고 품고 가야 하는 것들이 아닐까? 어떤 모양으로 다가서든 내가 만난 운명들을 사랑하는 것은 어떨까? 운명은 나를 흔드는 것이 아니라 나와 포옹하고 싶어 하는 것일지도 모르니 말이다. 그래야 운명이 주는 선물의 의미를 알게 될 것이고 말이다."

다솔이가 느릿느릿 이어지는 나의 말을 차곡차곡 마음에 담고 있음을 느낄 수 있었다. 다솔이 정도라면 나의 말을 자신의 언어로 바꾸어 천천히 되새김질하며 자신의 에너지로 사용할 수 있으리라 나는 믿었다. 그렇게 다솔이와의 이십 년 동안의 상담은, 아니, 나와의 상담은 끝났고, 나는 그날 아주 편안하게 단잠을 자면서 그동안 애써 멀리하고 외면했던 사람들을 꿈속에서 즐겁게 만나는 행운을 누렸다.

# 트라우마

심리학에서는 '과거에 경험했던 공포와 같은 순간이 발생했을 때 당시의 감정을 느끼면서 심리적 불안을 겪는 증상'을 '트라우마 trauma'라고 한단다. 트라우마는 사람을 과거의 경험에서 한 걸음 도 나오지 못하게 하는 감옥 같은 거란다.

트라우마를 사라지게 할 수 있을까? 그건 불가능할지도 몰라. 그 럼 어떻게 할까? 트라우마를 받아들이는 것은 어떨까? 사람들은 행복을 느낄 때 트라우마를 견디는 힘이 강해진다고 한단다. 잠 시 생각을 멈추거나, 누군가와 수다를 떨거나, 산책할 때, 맛있는 것을 먹을 때 사람들의 행복지수는 높아진단다. 그래서 여행은 즐거운 거란다. 이 모든 것을 다 누릴 수 있거든. 긴 여행이 어렵다 면 반나절 등산을 하거나 둘레길을 걷는 것도 행복해지는 방법이 란다. 혼자, 또는 누군가와 함께 전시회를 다녀오거나 공연에 다 녀오는 것도 좋고 말이야.

그러니까 트라우마가 올라오면 일단 신발 끈 동여매고 집 밖으로 나오는 것이 좋다는 말이란다. 트라우마 때문에 힘겨워지지 않으 려면 행복한 현재의 삶에 시선과 시간을 더 투자하라는 말이란다. 너는 트라우마에 갇혀 살만큼 작은 존재가 아니거든.

친구야. 오늘은 동전 넉넉하게 준비하고 노래방에 가서 니체가 이야기하고, 김연자 씨가 불렀던 〈아모르 파티(Amor Fati – 운명을 사랑하라)〉를 목청껏 노래하는 것은 어떨까?

게스트 하우스와 블루 하우스

'나의 꿈 발표 대회' 학급 예선전. 고등학교 1학년 학생들이 교실에서 자신들의 꿈에 대해 각종 방법을 활용하여 10분 동안 발표하는 시간. 발표와 함께 서로의 꿈에 대해 격렬하게 펼치는 토론. 발표자의 부족한 부분에 대해 듣는 친구들이 제시하는 보충 의견, 자신이 미처 생각하지 못한 부분을 알게 되었다고 고마움을 표현하는 태도, 격려와 응원이 담긴 말, 이런 내용들이 모두 평가에 반영되는 대회. 한 달 동안 수업 시간에 발표한 뒤 학급 대표끼리 전교생 앞에서 대회를 여는 행사. 진행되면 진행될수록 선의의 경쟁심리가 함께 커지면서 학생들에게 꽤 인기를 얻게 되는 프로그램, '나의 꿈 발표 대회'.

"저는 대통령이 꿈입니다. 제가 다스리기엔 우리나라가 좀 작긴 하지만 그래도 어쩌겠습니까. 나의 조국 대한민국이니까 받아들여야죠. 앞에서 말씀드린 것처럼 치밀하게 준비해서 명문대 정치외교학과를 졸업한 뒤 우리나라에서 가장 젊은 대통령이 되는 게 제 꿈입니다. 제가 대통령이 되어서 블루 하우스, 푸른 기와집, 그러니까 청와대에 들어가게 되면 모든 국민에게 저녁이 있는 세상을 만들어 줄 계획입니다. 아마 여러분은 제 덕분에 여유 있고 행복한 삶을 사시게 될 것입니다."

언제나 너스레를 거창하게 떨어 '개뻥맨'으로 불리는 도성이.

허풍이 심하긴 하지만 발표하는 태도, 섬세하게 준비한 발표 자료의 내용, 탄탄한 논리, 사람을 집중시키는 화술, 그리고 평소 학급 회장으로 학급을 이끌어가는 유연한 성실함을 보면 정치가의 길로 가는 것도 꽤 괜찮은 선택임을 누구나 인정하는 친구. 박수와 야유를 동시에 받으면서 도성이는 자리로 돌아왔다. 이번에는 부회장 유민이의 차례였다.

"저는 건축계열 학과로 진학하고 싶습니다. 그래서 제 손으로 게스트 하우스를 지을 예정입니다. 경치 좋은 곳에 지어 놓고 손님을 맞이할 예정입니다. 손님이 없는 날 저 혼자 조용히 지내는 것도 그리 나쁘지 않을 것 같습니다."

유민이가 꽤 구체적으로 세계 곳곳에 있는 게스트 하우스 사진을 친구들에게 보여줬고, 숙박업의 역사와 지역별 특성에 따라 게스트 하우스를 짓는 방법에 대해서 차분하고 자세하게 설명했다. 친구들은 아낌없이 박수를 보내면서 '예약 지금 되나요?' '친구 찬스 쓰면 얼마나 할인되나요?' 등 웃음 섞인 말을 건넸다.

사달은 유민이의 발표가 끝난 후 일어났다.

"남자가 너무 꿈이 작은 거 아닙니까? 그리고 대학까지 나와서 사회를 위한 활동을 해야지, 혼자만 편하게 지내려고 하면 그건 꿈으로 볼 수 없지 않습니까?"

도성이가 날카롭게 던진 말에 유민이의 얼굴이 벌겋게 달아오르기 시작했다. 유민이의 표정에도 아랑곳하지 않고 도성이는 정색하고 계속 유민이를 공격했다. 때마침 수업을 마치는 종이 울렸고 다음 시간에 토론을 이어나가기로 했다. 나는 계속 말을 주고받다가 불편한 일이 생길 수 있으니, 나의 꿈 발표와 관련된 말은 다음 수업 시간에 이어나가길 바란다고 당부하고 교실을 나섰다. 하지만 내가 나가고 난 뒤에도 도성이는 이야기를 이어나갔고, 참고 참았던 유민이가 '넌 하루도 못 가서 탄핵당할 놈이야. 이 자식아!'라고 소리를 질렀다. 반 친구들이 뜯어말리지 않았으면 자칫 큰 싸움이 벌어질 수도 있었던 상황이었다.

상담실로 도성이와 유민이를 불렀다. 초등학교에 입학하기 전부터 친구 사이였지만 늘 티격태격해서 평소에 '톰과 제리'라고 불리는 두 친구였다. 도성이가 미안하다고 말하면서 유민이의 어깨를 토닥거렸다. 유민이는 화가 난 표정으로 도성이에게 팔을 치우라고 했다. 그리고 눈물을 흘리기 시작했다. 나는 꼭 사랑싸움하는 것 같은 그 모습에 웃음이 나오는 것을 억지로 참고 있었다.

"최도성! 넌 왜 그렇게 유민이를 공격했냐? 선생님이 듣기엔 좀 지나쳐 보이던데. 그러면 이다음에 대통령 출마할 때 벌써 한

표 날아가는 거야."

"아니에요. 선생님. 저 도성이 찍으려고 해요. 이번 학급 회
장 선거도 도성이는 지가 지를 찍고 저는 도성이를 찍어서 두 표
차이로 도성이는 회장, 저는 부회장 됐어요."

눈물을 닦고 입술을 삐쭉거리면서 말하는 유민이를 보고 나
는 더 이상 참지 못하고 웃음을 내뿜고 말았다.

"선생님, 유민이는 공부를 참 잘해요. 공부 말고 다른 것도
참 잘하고, 열심히 해요. 얘는 뭘 해도 최고가 될 놈이고 박수받
을 수 있는 친구예요. 그런데요. 자꾸 초라하게 살려고 하잖아요.
전 그게 싫었어요. 그래도 좀 참았어야 했는데, 유민이 속이 엄청
좁거든요. 제가 그걸 자꾸 잊어버려요. 히히."

"뻥 까지 마. 너 수업 시작하기 전에 내가 '넌 대통령이 되면
일주일도 못 가서 탄핵당할 놈'이라고 말한 것 때문에 화가 나 있
어서 그렇게 말한 거잖아."

"자, 자, 이러다가 또 싸우겠다. 도성이 이야기는 들었고, 유
민이 이야기 들어보자. 너는 왜 도성이가 대통령이 되면 탄핵당
할 것 같다고 생각하니? 도성이가 대통령이 되는 게 싫으니? 대
통령감이 아니라고 생각하니?"

"제가 좋아하지는 않지만 도성이는 대통령이 될 수 있는 친

구라고 생각해요. 능력이나 성격도 저 정도면 괜찮고요. 그런데요. 도성이는 저질 지구력의 화신이에요. 끈기가 전혀 없어요. 대통령이 되어도 그 자리에 오래 있지 못할 자식이에요."

"네가 도성이를 도와주면 되잖아. 네가 참모 하면 괜찮지 않을까?"

"저는, 정치 이런 거 싫어해요. 우리 큰아버지가 국회의원 선거 나가셨다가 세 번이나 떨어져서 지금은 조그만 회사 다니시거든요. 술에 취하기만 하면 우세요. 저는 이다음에 게스트 하우스 지어서 큰아버지를 쉬시게 하고 싶어요. 그건 우리 아버지 소원이기도 하거든요. 지친 사람들이 와서 편안하게 쉬면서 힘을 얻고 다시 돌아갈 수 있는 그런 게스트 하우스 주인으로 살고 싶어요."

"그렇구나. 그럼, 도성이가 탄핵당하면 네 게스트 하우스에 가서 쉬면 되겠네."

도성이의 눈이 휘둥그레졌다.

"그런 생각도 했어요. 아니, 어쩌면 제일 중요할지도 모르겠어요. 도성이가 지칠 때 제 게스트 하우스에 와서 푹 쉬었다가 힘을 얻고 사회에 나가서 활동했으면 좋겠다고 생각한 적이 있어요."

도성이는 아무 말도 하지 못하고 유민이를 멍하니 바라보았다.

"유민이는 도성이를 참 좋아하는구나."

"그건 잘 모르겠어요. 그런데요. 선생님. 사실 전 어릴 적부터 친구가 별로 없어요. 제가 말을 함부로 할 때가 많거든요. 후회해도 사과하고 싶은 용기도 잘 안 나고 그래요. 그런데 마음에 상처 주는 심한 말을 해도 도성이는 늘 제 옆에서 떠나지 않았어요. 어떨 때는 그게 지겹기도 하지만 제가 한 번도 먼저 다가간 적이 없다는 것을 생각하면 고맙기도 했어요. 언젠가 선생님께서도 친구의 조건에 대해서 수업 시간에 그런 말씀 하셨잖아요. 마음껏 미워해도 헤어지지 않는 친구를 가진 사람은 행복하다고 하셨잖아요. 도성이가 마음에는 들지 않은 부분이 많지만 평생 같이 가고 싶은 친구인 것은 분명해요."

그렇게 그날 우리들의 대화는 끝났다. 나는 그런 친구를 가진 도성이가 부러웠고, 그런 고백을 할 수 있는 유민이가 부러웠다. 그날 저녁, 나는 그동안 만남이 뜸했던 친구들에게 전화를 걸어서 수다를 떨었다. 편하게 욕을 내뱉고, 웃음을 나누고, 가족의 안부를 물어보고, 서로의 건강을 물었다. 두 제자 덕분에 친구들의 목소리를 들을 수 있었던 밤이었다.

나는 두 친구에게 편지를 썼다. 오랜만에 예쁜 편지지에 손글씨로 썼다.

열아홉 담장을 뛰어넘는 아이들 – 게스트 하우스와 블루 하우스

유민아.

네가 지나 온 날들에 박수를 보낸다. 힘들고 외로운 날도 있었지만, 그날들 덕분에 넌 참 고운 마음을 가진 청년으로 성장했구나. 게스트 하우스를 직접 짓고, 지치고 힘든 사람들을 위한 쉼터를 만들겠다는 너의 생각에 고개를 숙여 경의를 표한다.

선생님은 한 가지 욕심을 너에게 부려보려고 한다. 꼭 국내에만 게스트 하우스를 만들지 말고 외국에도 만들면 어떨까? 이왕이면 도움이 손길이 필요한 곳들이라면 더 좋겠지. 한곳에 머물러 있는 게스트 하우스 주인장이 아니라 세상 곳곳을 다니면서 그곳에 있는 아픈 이들을 위해 그에 알맞은 게스트 하우스를 짓는 전문건축인이 되면 어떨까? 어쩌면 그 지역, 그 나라 사람들과 일을 하기 위해 거쳐야 할 행정적인 일, 외교적인 일은 도성이에게 도움을 받을 수도 있지 않을까? 집을 짓다 지치면 그곳에서 너도 도성이와 함께 그곳에서 한참을 쉬는 것도 괜찮을 것 같다. 그때 도성이랑 네가 티격태격하는 재미도 괜찮을 것 같아서 말이야. 하하.

선택은 너의 몫이지만 선생님이 보기엔 넌 그런 게스트 하우스 전문가가 되기에 충분한 친구란다. 그걸 이야기하고 싶어서 이렇게 편지를 보낸다.

도성아.

넌 좋겠다. 참 좋겠다. 유민이가 네 친구여서, 그리고 네가 유민이 친구여서 참 좋겠다. 나는 너희 우정이 부럽다. 난 네가 블루 하우스에 당당하게 입성하길 바란다. 기도한다. 후원도 아낌없이 하겠다.

두 가지 부탁을 한다. 우선 네가 블루 하우스에 들어가서 대통령이라는 자리에 있게 되면, 유민이의 말을 잊지 말기를 바란다. 유민이가 게스트 하우스의 주인이 되기로 했던 마음을 늘 되새겼으면 좋겠다. 블루 하우스에서는 지치고 힘든 사람들이 다시 힘을 얻고 세상으로 나갈 수 있도록 도와주는 일을 해주길 바란다는 뜻이다. 우리나라는 사람들이 밤을 새워 일해도 웃음이 끊이지 않는 나라, 힘겨운 일은 서로 돕고, 해결하지 못할 일 앞에서는 서로의 손을 잡고 위로하며 울 수 있는 나라로 만들어 주었으면 좋겠다. 두 번째 부탁은 대통령의 꿈에 너를 묶어 놓지 않았으면 좋겠다. 더 꿈을 크게 가지길 바란다. 정치외교학과로 진학하고 싶다고 하니 국제적인 자리에도 관심을 가져보길 바란다는 뜻이다. 대신 그때까지 너의 저질 지구력을 뒷받침해 줄 마음 튼튼하고 지구력 강한 사람들과 건강한 관계를 맺는 노력도 하길 바란다. 그 사람이 그런 사람인지 잘 알아보길 힘들 때는 유민이의 의견도 물어보고 말이야.

아! 넌 좋겠다. 참 좋겠다. 힘들고 답답할 때 쉬면서 너에게 의견을 말해줄 수 있는 벗이 있으니까.

며칠 후 도성이와 유민이가 상담실로 찾아왔다. 머뭇머뭇 망설이는 유민이의 어깨를 툭 치면서 도성이가 큰절을 했다. 유민이도 어색하게 따라서 절을 했다.

"스승님. 지혜의 말씀 감사합니다. 저희에게 더 큰 꿈을 꾸게 해주신 것도 감사드립니다."

도성이가 너스레를 떨면서 말했다. 도성이는 계속해서 수다를 떨고, 나는 연신 웃었고, 유민이는 무엇인가 물어보고 싶은 것이 있는지 쭈뼛거리고 있었다.

"유민아. 너 뭐 할 말 있니?"

"아, 그거요. 선생님, 있잖아요."

"최도성 아저씨. 저 지금 유민이에게 물어보았어요."

"아! 선생님. 쏘리입니다. 야, 빨리 말씀드려."

"선생님. 주신 편지 감사하게 읽었어요. 저도 그렇게 살고 싶은데요. 그런데요. 고민이 있어요. 선생님. 지금도 이 자식이 이렇게 나대는 것이 싫거든요. 그래도 계속 같이 지내야 하나요? 이다음에 어른이 되어서도 이 상황이 반복되면 그땐 어떻게 해야 할까요?"

"우리 유민이가 도성이랑 오래 친구로 지내고 싶은 마음이 간절하구나. 유민아. 10년이 지나면 강산이 변한다는 말 알지?

나는 그 말을 이렇게 받아들인단다. 10년이 지나면 강산이 변하는 것이 아니라 강산을 바라보는 내가 변한다고 생각해. 어쩌면 도성이의 저 모습은 변하지 않을지 몰라. 그렇지만 도성이를 바라보는 너의 눈은 변할 거야. 더 성숙하고 더 멋있고, 더 지혜롭게 변할 거야. 너 자신을 믿으면 될 것 같다."

"거봐. 너 자신을 믿으라고 그랬잖아. 정유민! 스승님 말씀 잘 새겨. 아! 선생님 저도 여쭤볼 일이 있는데요. 제가 어떤 일을 하려고 하면 유민이가 자꾸 태클을 걸어서 사실 좀 신경이 쓰이거든요. 인생 전체를 함께 가고 싶은 친구인데, 그러다 일이 꼬여 버릴 수도 있을 것 같아서요. 그럴 때 어떻게 하면 될까요?"

"네가 먼저 말하지 말고, 네가 먼저 저지르지 말고, 유민이에게 먼저 물어보고 난 뒤에 하면 되잖아."

"헉! 역시 선생님은 우리의 스승님이시군요. 그런 방법이 있었네요. 스승님. 존경합니다."

우리는 도성이의 농담에 또 한 번 크게 웃었다. 도성이는 사람을 즐겁게 만드는 마법을 부릴 줄 아는 친구였다.


'나의 꿈 발표 대회'를 모든 마치고 난 어느 날, 수업 시간에 나는 도성이와 유민이가 있는 반에 들어가서 '함께 지내는 것'이 꿈이고 목표인, 행복한 사람들에 관한 이야기를 했다. 사람을 잃어버리지 않는 세상에서 살고, 그런 세상을 함께 만들어 가자고 이야기했다. 너희들은 그런 세상을 만들기에 서로에게 충분한 친구들이라고 말했다.

# 손절매

어떤 상황에서도 나를 믿어주는 친구 한 명쯤 있다면 참 좋겠지? 가능할까? 사람은 가장 가까운 사람에게 제일 크게 화를 내고, 실망한다고 해. 우리 뇌가 가까운 사람은 자기와 같은 생각을 할 것이라고 믿어버리는 경우가 많아서 그렇다고 해.

주식 투자 용어 중에 '손절매損切賣'란 말이 있어. '손해를 보더라도 적당한 시점에서 끊어 낸다'라는 뜻이야. 평소에 누구와 헤어지게 되었을 때 '손절한다'라고 하는 말도 여기서 나왔어.

손절하고 싶은 친구가 생겼을 때는 우선 심호흡을 몇 번 해. 그리고 그 친구와 화해할 마음이 있는지 생각해 보는 시간을 가져봐. 친구는 말이야. 늘 믿어주고 서로를 존중해 주면서 우정을 나누는 사이이기도 하지만 싸운 뒤에도 화해할 수 있는 사이를 유지할 수 있어야 좋은 친구가 될 수 있다고 난 생각해. 물론 가끔은 관계를 끊는 게 현명한 선택일 때도 있어. 그건 존중받아 마땅한 너의 선택이니까. 다만 급하게 서두르지 않았으면 좋겠어.

이 이야기는 네가 직장을 선택했을 때도 기준이 될 수 있는 말이야. 이 직장과 헤어질까, 아니면 계속 이 직장을 다닐까? 이렇게 고민될 때도 그 상황과 화해할 수 없는지에 대해 생각하는 시간을 갖기를 권해. 천천히 생각을 하고 난 뒤에 너의 선택을 결정해도 늦지 않을 거야.

인명 구조사 그리고 공인 중개사

수련원은 바다가 보이는 언덕에 있었다. '뷰맛집'이라 말해도 손색이 없을 정도였다 강원도 해안 작은 도시에 자리 잡은 그곳에 도착한 나는, 그러나 풍경이 눈에 들어오지 않았다. 20여 년간 교사 생활을 했던 경험이 상담사의 길에 도움이 될 것이라 많은 이들이 덕담을 건넸으나 지시, 훈계, 명령에 익숙해진 나는 공감, 경청, 격려해야 하는 순간을 자주 놓치곤 했다.

교사의 옷을 벗고 상담사의 옷을 입기까지는 아직 수련의 시간이 더 필요했던 그즈음, 교내에서 사고를 일으킨 소위 '문제아'들을 대상으로 집단 상담 프로그램 진행을 요청받았다. 남자 고등학교 교사, 청소년 상담사, 그리고 부모 교육 강사, 몇 번의 TV 출연을 했던 내 이력을 보고 담당 선생님께서 연락을 주셨다. 처음에는 별 망설임 없이 수락했다. 그런데 시간이 갈수록 마음이 무거워지기 시작했다. 나중에 생각해 보니 많은 상담사들이 경험하는 소진, 그러니까 슬럼프가 시작되었던 때였다. 그렇게 마음이 지친 상태에서 처음 대하는 유형의 집단 구성원 12명과 나는 마주하게 되었다.

첫 번째 시간. 자기소개 시간. 우선 별칭을 짓고 그 이유를 발표하면서 자기소개를 하자고 했다. 친구들 발표가 끝나면 최대한 강렬하게 박수를 '갈기라우!'라고 했다. 발표자에게 세 번 이내로 질문을 하고, 발표자는, 대답하고 싶으면 하고, 하기 싫으면 '그래서 어쩌라고?' '그건 네 생각이고' '그게 궁금해?' '내 마음이야' '꼭 대답할 필요는 없잖아' 중에서 선택해서 말하라고 했다. 아이들은 처음에는 낯설었는지 굳은 표정으로 나를 바라보다가 대답 연습을 하면서 조금씩 웃음을 띠기 시작했다. 별칭을 지을 때 주의할 사항은 연예인의 이름은 사용하지 말 것, 그리고 발표하는 사람이나 듣는 사람이나 욕은 하지 말 것, 만약 욕을 하고 싶으면 그냥 종이에 쓸 것! 이 시간이 끝나면 그 종이를 모두 태우는 시간도 가질 예정이라는 이야기를 아이들에게 건넸다. 생각보다 아이들은 대답을 시원시원하게 하면서 안내에 잘 따라 행동했다. 지방 아이들의 순수함인지, 교사를 처음 만났을 때 교사의 성격을 탐색하는 일종의 '간 보기'인지 헤아리기는 어려웠으나 내 마음이 조금씩 안정되고 있는 것은 분명했다. 별칭을 발표할 때 눈길이 가는 두 친구가 있었다.

김탄. 드라마 〈상속자들〉에 나오는 이민호 씨가 맡은 배역 이름이다. 아이들 사이에 인기를 끌었던 드라마였기 때문에 그럴 수도 있다고 생각했다. 연예인의 이름은 사용하지 말라고 했지만, 연예인 이름을 직접 사용한 것은 아니라서 내가 뭐라 말하기도 애매하였다. 그리고 김탄이란 별칭을 지은 친구는 이민호 씨처럼 잘생기고 재벌 2세처럼 귀티가 흘러서 굳이 별칭을 바꾸라고 말하고 싶지 않았다. 솔직히 날카롭고 어두운 표정 때문에 말하기가 조심스럽기도 했다.

창조주. 시작할 때부터 속에 여우가 일곱 마리 이상 들어앉은 것 같이 능글거리는 표정과 거드름을 피는 태도가 눈에 거슬리는 친구였다. 별칭을 소개하는 과정에서 창조주가 같은 학년 아이들보다 세 살이 많다는 것을 알게 되었다. '세상을 싹 다 갈아엎고 새로 만들고 싶어서 지은 별칭'이라는 말을 들으면서 나는 무척 강한 상대를 만나고 있음을 직감적으로 알아차렸다. 나는 '신' '전능자' '파괴자' '신세계' 등의 별칭을 짓는 집단 상담원들을 여러 번 만났다. 어쩌면 그들 중 많은 이가 그러했듯 창조주는 부모에 대한 원망이 측량할 수 없을 정도로 깊고, 자신의 존재를 아주 가치 없이 여기고 있는 친구일지도 몰랐다.

쉬는 시간에 창조주가 나에게 다가와서 고개를 숙이면서 악수를 청했다. 나는 얼떨결에 손을 마주 잡았다. 악수를 마치고 나서 창조주는 뻘쭘하게 옆에 서 있는 김탄에게 선생님께 정중하게 인사하라고 했다. 서울에서 우리를 위해 여기까지 오신 귀한 분이라고 했다. 김탄은 어색한 듯이 90도 각도로 몸을 숙이면서 나에게 인사했다. 김탄보다 머리 하나는 작은 창조주는 비웃는 듯한 표정으로 나를 향해 웃고 있었다.

문제는 두 번째 시간에 터졌다. '가족 역할 검사'와 '청소년용 문장 완성 검사'를 작성할 때였다. 가만히 검사지를 바라보던 김탄이 아주 작은 소리로 중얼거리기 시작했다. 귀가 밝은 나는 욕을 하는 김탄의 소리를 분명하게 들었고, 맞은편에 앉아 야비한 표정을 지으며 나를 바라보는 창조주의 눈과 마주쳤다. 김탄이 검사지를 찢기 시작했다. 함께 계시던 선생님이 다가가시는 것을 내가 손동작으로 제지했다. 다른 아이들이 익숙한 풍경인 듯 아무런 반응을 보이지 않고 검사지를 작성하고 있었기 때문이었다. 아이들을 둘러보던 김탄은 한숨을 크게 쉬고 나에게 인사를 하더니 상담실 밖으로 나가버렸다. 선생님 두 분이 뒤따라 나가셨다.

"선생님. 이번 시간은 여기까지만 하시죠."

창조주가 낮은 목소리로 이야기했다. 계속 진행할 내용이 남아 있었지만, 아이들도 거의 다 검사지를 작성했고, 담당 선생님께서도 그러는 것이 좋다고 하셔서 일단 그 시간은 그렇게 마무리했다. 창조주가 아이들의 검사지를 걷어서 나에게 가져다주었다. 찢어진 김탄의 검사지를 한참 보다가 창조주가 한숨을 크게 내쉬며 공손히 나에게 검사지를 내밀었다. 그 검사지에는 아주

거친 글씨가 날아다니고 있었다.

"지들이 뭘 안다고 그래. 아무것도 모르면서!!!!"

저녁 식사 시간에도 김탄은 식당에 나타나지 않았다. 창조주가 담당 선생님께 허락받고 김탄의 빵과 우유를 들고 식당을 나갔다. 선생님들과 다른 아이들은 나를 위로했다. '선생님. 저 아이가 원래 참 착합니다' '창조주가 친형처럼 늘 돌봐주고 있으니까 너무 염려하지 않으셔도 됩니다' '원래 그런 자식이에요. 잘못했다고 금방 이야기할 거예요' '맞아요. 창조주 형이 달래주고 우리가 같이 놀아주면 또 헤헤거릴 놈이에요' 내 표정이 너무 굳어 있었는지 선생님들과 아이들은 내 마음을 돌봐주는 말을 건네주었다. 고마웠지만 마음은 복잡했다. 생각할 시간이 필요했다. 내 마음 한쪽에는 2박 3일 동안 여기 있지 말고 오늘 저녁 그냥 서울로 올라가 버리고 싶은 생각도 들었다.

수련원 주변을 걸었다. 밤바다 파도 소리가 들렸다. 차분히 규칙적으로 들리는 소리에만 집중하고 생각을 내려놓으려 했다. 심호흡을 계속했지만 잘되지 않았다. 애당초 담당 선생님과 힘들면 중간에 그만하는 조건을 내걸기도 하여서 서울로 올라가는 것은 가능한 선택사항이었다. 그런데 뭔가 승부욕 비슷한 것이 마음 한쪽에서 꿈틀거리기 시작했다. 김탄의 행동에 깔린 사연과 마음도 궁금하고, 창조주에 대한 호기심도 커지기 시작했다. 알고 싶었고, 가능하면 그 청춘들의 응어리를 풀어주고 싶기도 했다.

산책을 마치고 수련원으로 돌아왔다. 수련원 로비에 창조주와 김탄이 앉아 있었다.

"선생님. 죄송합니다."

사과하는 김탄을 아무 말 하지 않고 바라보기만 했다. 내 눈에서 눈물이 흘렀다. 창조주의 눈이 동그랗게 되었다. 왜 눈물이 났는지는 지금도 이유를 잘 설명하지 못하겠다. 아마 김탄의 마음과 내 마음이 어떤 지점에서 만났기 때문일 것이다. 창조주는 아주 어릴 때부터 김탄과 함께 자란 동네 형이었다. 아버지와 둘만 살고, 형제도 없는 김탄에게 창조주는 든든한 형 역할을 해주었다. 김탄이 기댈 남자는 창조주밖에 없었다. 김탄의 아버지는 알코올 중독자였다. 술에 취하면 경운기를 몰고 멀쩡한 남의 논으로 들어가서 농사를 다 망쳐놓았다고 한다. '누가 날 막아! 누가 날 무시해!'라고 외치다가 경운기에서 굴러떨어지고, 경운기는 저만큼 혼자 가다 멈추고…. 그럴 때마다 김탄과 창조주가 함께 가서 아버지를 업고 집으로 돌아왔다. 김탄이 초등학교 6학년 때까지 반복되었다고 했다. 마을 사람들도 처음에는 김탄을 동정하는 마음을 보였으나 점점 야박하게 대하기 시작했다.

그러다가 작년에 아버지가 돌아가시고 고등학교 2학년인 지금은 혼자서 살고 있다고 했다. 중학교 때부터 학교에서 싸움꾼으로 유명했는데 요즘은 조금 덜 싸운다고 했다. 모든 이야기는 창조주가 했다.

"선생님. 그래도 이 자식이 말입니다. 장래 희망이 뭔 줄 아십니까? 인명 구조사가 되는 겁니다. 맨날 다른 사람들한테 구박만 받았는데, 자기가 다른 사람을 도와주는 일을 하고 싶다는 거 아닙니까? 대단하지 않습니까?"

"인명 구조사가 되고 싶다고? 인명 구조사라… 창조주! 너정말 모르고 하는 말이냐?"

"예?"

"김탄이 왜 인명 구조사가 되고 싶어 하는지 몰라서 하는 말이냐고?"

세 남자 사이에 침묵이 흘렀다. 김탄은 나를 물끄러미 바라보았고, 창조주는 처음으로 겸손한 표정이 되어서 아무 말 못 하고 두 손만 비벼대고 있었다.

"내가 소설 하나 쓸게. 엉터리라고 생각이 되면 '뭘 안다고 그래!' 하고 직접 이야기해도 괜찮다. 내 눈에는 인명 구조사는 숨 막힐 것 같은 이 세상에서 누가 나를 구조해 주었으면 하는 김탄의 간절한 마음이 만들어 낸 꿈으로 보인다. 그래서… 참 마음이… 아리다. 날 구해주는 사람이 없으니 내가 남을 구해서 응어리진 마음 풀고 싶어서 그런 것으로 보인다. 김탄! 세상이 너에게 해준 게 뭐 있다고 그런 위험한 꿈을 꾸냐!"

"위험하다고요?"

"그래, 아주 위험한 일이야."

"인명 구조사가 위험한 일인 건 저도 알아요. 그런데 그렇게 야단맞을 정도로 위험한 건가요? 제가 그렇게 잘못하고 있는 건가요?"

김탄이 눈에 독기를 품고 내게 말했다.

"야단치고 있다고 생각하는구나. 너 정도 체격이면 인명 구조사가 잘 어울리는 직업일 것도 같다. 그런데 말이야. 너처럼 그런 아픈 사연을 갖고, 그렇게 지나치게 절박한 마음을 갖고 그런 직업을 선택하면 자칫 사고를 당하기 쉬워. 다른 인명 구조사들보다 더 위험할 수도 있다는 이야기야. 너는 다른 사람이 위험에 처한 모습을 보면 그냥 직진해 버릴 가능성이 커. 그 사람을 구하지도 못하고 너도 사고를 당하고 그럴 수 있어."

"저보고 그 직업을 포기하란 말씀인가요?"

"소설 쓰는 거라고 했잖아. 내가 왜 이런 소설을 쓰는지 생각해 보라는 거야. 무엇을 먼저 정리해야 하는지 시간 두고 생각해 보라는 이야기야. 내 말 듣고 금방 포기하는 것도 우습잖아."

"선생님. 콕 집어서 어떤 직업을 가지라고 말씀해 주시면 좋지 않을까요?"

김탄과 나 사이의 팽팽한 긴장감을 뚫고 창조주가 말했다.

"별로 말하고 싶지는 않지만, 그래도 내가 이야길 꺼냈으니 내 생각을 말해주마. 내 생각엔 고향을 떠나 다른 곳에서 직업을 가졌으면 어떨까 한다. 남을 구하고 싶은 네 마음을 실천할 수 있으면서도 지금까지 지냈던 사람들과는 다른 사람 여러 명과 함께 지내는 그런 곳. 솔직히 나도 정확히 어떤 곳이라고 말하기는 어렵다. 어쨌든 그런 곳에서 인명 구조사 비슷한 직업을 선택하면 좋지 않을까 생각한다. 그곳은 가능하면 따스한 가족 같은 사람들, 그리고 강제로 너의 행동을 멈추게 할수 있는, 그러니까 네가 직진할 때 널 잡아줄 그런 사람들이 있는 곳 말이야."

내가 말을 맺지 못하면서 말이 길어지자, 창조주가 김탄의 어깨를 두드리며 말했다.

"야, 너 오늘 땡 잡았다. 이렇게 좋은 선생님. 어떻게 만나냐! 자, 선생님 말씀처럼 시간 두고 생각해 보자. 그만 들어가자. 선생님 피곤하시겠다. 선생님, 안녕히 주무십시오."

"김탄. 너 먼저 들어가라. 창조주랑 잠깐 이야기 더 해야겠다."

창조주와 둘이 마주 앉았다. 무거운 침묵이 흘렀다. 거의 새벽까지 그런 상황으로 앉아 있었다. 견디지 못한 내가 먼저 물었다.

"넌 왜 네 이야기를 하지 않니? 김탄 이야기만 계속하고···."

"저 같은 것도 상담받을 수 있나요?"

그 겨울 동안 창조주와 세 번 상담했다. 두 번은 강원도에서, 한 번은 서울에서 했다. 만날 때마다 주로 실없는 농담과 긴 침묵으로 시간을 소비했다. 예상했던 대로 부모님과 얽힌 문제가 있었으나 창조주는 구체적인 사연을 말하지 않았다. 사연을 말하기에는 감정의 강이 너무 깊었던 것 같다. 세 번째 상담을 마친 후 상담을 끝내기로 생각한 나는 창조주에게 편지를 보냈다.

답을 주지 못해 미안한 마음 전한다. 다만 나는 네가 누군가로부터 돌봄을 받고 싶어 하는 친구란 것은 알 것 같다. 김탄이 인명 구조사가 되고 싶어 하는 마음과 같은 것이라고 하면 네가 알 수 있을까? 누구라도 너를 돌봐줬으면 하는 간절한 마음이 좋은 형 노릇을 하게 해준 것이라는 생각이 든다. 숙제만 한 가지 너에게 내주고 이 상담을 마치려 한다. 네가 누군가에 드는 그 감정보다 더 아래에는 어떤 감정이 숨어 있을

지 잘 생각해 봤으면 좋겠다. 너의 마음에 응어리진 그 감정의 반대에는 무엇이 있는지 가만히 바라보는 연습을 해보길 바란다.

그리고 이거 한 가지는 분명하게 내가 너에게 말할 수 있을 것 같다. 너는 참 따뜻한 마음을 가진 청년이다. 뜨겁다고 표현하는 것이 차라리 맞겠다. 너는 그런 성향을 품은 친구다. 그러므로 네가 앞으로 살아갈 때는 다른 이들에게 도움을 주는 직업을 가지고 살았으면 좋겠다. 많이 베풀고 책임도 당당하게 질 수 있는 그런 길을 갔으면 좋겠다. 그래야 너의 힘든 기억들이 조금씩 고마운 시간으로 바뀔지도 모르니 말이다.


시간은 빠르게 흘러갔다. 창조주와 김탄에 대한 기억도 희미해져 갔다. 그러던 어느 날 창조주가 예쁜 아가씨와 함께 나를 찾아왔다. 공인 중개사 자격증을 따서 제법 규모가 있는 부동산 회사에 근무하고 있었다. 창조주가 가진 장점 중 하나가 '현명함'이라고 생각했던 내 판단이 틀리지 않아서 기뻤다. 곧 결혼할 예정이라는 참 기쁜 소식도 함께 가지고 왔다. 창조주는 나에게 주례를 부탁한다고 했다. 나는 흔쾌히 승낙했다.


"문경보 선생님."

결혼식 날 예식장 로비에서 누구인가 나를 불렀다. 듬직한 목소리였다. 고개를 돌려보니 그곳에는 멋진 군인 한 명이 서 있었다. 직업 군인의 복장을 한 김탄이었다. 거수경례를 하고 나서 격하게 나를 포옹했다.

"그동안 찾아뵙지 못해서 죄송합니다."

"편안하냐?"

"예. 군대가 딱 제 적성에 맞습니다."

"직업을 잘 선택했구나. 같이 근무하는 전우들이 김탄 덕분에 편안하겠구나."

"아닙니다. 선생님 덕분입니다."

여전히 잘생기고, 더 건장해진 김탄의 모습을 보면서 10년 전 그날이 바로 어제처럼 여겨졌다. 그러니까 나는 아직 이 친구들하고 상담을 매듭지은 것이 아니었다.

나는 그날 창조주와 신부, 그리고 하객들에게 이렇게 마음을 전했다.

"두 사람에게 부탁합니다. 두 사람은 서로에게 거울이 되어주십시오. 꽃단장하고 서 있으면 그 모습 그대로 비춰주고, 먼 여행에서 돌아와 지친 모습이면 그 모습 그대로 비춰주고, 기쁜 일이 있으면 기쁜 웃음 그대로 보여주고, 먼지로 뒤덮인 남루한 모습으로 고개를 들지 못한 채 울고 있으면 우는 모습 그대로 보여주십시오. 그동안 혼자 지내느라 충분하게 외로웠으니, 이제는 함께 있어 주십시오. 한쪽이 다른 쪽의 거울이 되어 그 자리를 잘 지켜주다 보면, 먼지 묻은 모습으로 울던 그 사람이 어느 날 거울에 묻은 먼지를 따스한 입김 호호 불어가며 닦고 또 닦아주고 있을 것입니다.

여기 모인 여러분께 부탁드립니다. 신랑 신부의 마음과 걸어온 길을 잘 아시는 분들이 많이 오셨을 것이라고 생각합니다. 앞으로 두 사람이 길을 걸어가다 지칠 때면 둘 다 또는 각자가 쉬어갈 수 있는 쉼터가 되어주시길 바랍니다. 지금까지 그래 주신 것처럼 이 친구들의 편안한 가족이 되어주시길 부탁드립니다."

그날 결혼식은 창조주와 종결 상담을 하는 시간인 동시에 상담사 혼자 내담자의 문제를 해결하려는 오만함 비슷한 마음에서 벗어나서 함께 문제를 풀어나갈 수 있다는 것을 깨닫게 된 시간이었다.

# 일 청중 이 고수 삼 명창

젊었을 때는 노래를 잘 부르는 명창이 최고인 줄 알았어. 중년이 되어서는 북치고, 장단 맞추고 추임새 넣어주면서 명창을 빛나게 하는 고수가 중요하다고 여기게 되었어. 세월 쌓여 환갑을 바라보는 나이가 되니까 소리를 들으면서 박수를 보내고 함께 울어주는 청중들이 소중한 사람들이란 것을 깨닫게 되었어. 아마 언젠가는 명창과 고수, 청중 중 누가 중요하다기보다는 함께 소릿길을 걸어가는 사람들인 것을 저절로 알게 될 날이 오리라 생각해.

중학생들과 '언고기(언어의 고수 되기)'라는 자유 학년제 수업을 한 적이 있어. 마지막 시간에 언어의 최고수가 누구인지 투표했어. 가장 말을 적게 한 아이 두 명이 뽑혔어. 아이들은 수업 시간에 '남의 말을 가장 잘 들어주는 사람이 언어의 고수'라는 말을 잘 새기고 있었던 거지. 별 의미 없이 수다를 떨어도 지겹지 않은 친구가 있다는 것은 행복한 일이지. 자신의 마음을 꺼내놓고 이야기할 상대가 있다는 것은 행운이고 말이야.

사람은 자신의 이야기를 하면서 스스로 답을 찾아가는 신비한 능력이 있단다. 그런데 난 상담할 때 자꾸 답을 주려고 해. 아직 청중

이 될 자격이 부족한 것이지. 고마워. 고개 끄덕여줘서, 내 손 잡아

줘서, 잔잔하게 날 보고 웃어줘서. 괜찮다고 말해줘서 고마워.

등대를 발견한 문학반

학교에서 문학반이 사라졌다. 지원하는 학생들이 없는 것이 가장 큰 원인이었다. 동아리 안내 가정 통신문에 문학반이 없는 것을 보고 불편한 마음을 추스르고 있던 그날. 교무실에 앉아 있는 내 옆을 한 친구가 빙글빙글 맴돌았다. 나와 눈이 마주치자 어색하게 인사를 하고 교무실을 나가려다가 다시 천천히 다가왔다. 말하고 싶은 것이 있었으나 말하지 못하고 주변에 계신 선생님들, 특히 교감 선생님 눈치를 계속 봤다.

"나가자."

그 친구의 등을 도닥거리며 교무실 밖으로 나와서 조회대 옆 계단에 앉았다.

"네가 말 안 하면 세상은 아무도 네 마음 몰라."

내 말을 듣고 고개를 끄덕이던 그 친구는, 그래도 입을 열지 않았다. 그때 남학생치고는 참 예쁘게 생긴 학생 한 명이 우리 앞으로 다가왔다.

"안녕하세요, 선생님. 형. 아직도 말씀 안 드렸어?"

나와 같이 앉아 있던 고등학교 2학년 친구의 별명은 '문학 하마'였다. 장래 희망이 작가가 되는 것이어서 입학하자마자 문학반에 들어왔다고 했다. 1학년은 자기 혼자뿐이어서 문학반이 없어질까 불안했다고 한다. 그래서 중학교 후배인, 지금 우리 앞에서 있는, 워낙 바른말을 잘하고 곱상하게 생겨서 '정의의 이름으로 너를 용서하지 않겠다'라고 말했던 만화 주인공 '세일러 문'이란 별명을 가진 친구에게 작년 가을부터 문학반이 아주 좋으니 들어오라고 말했다고 했다. 그렇지만 문학반이 해체된 지금은 세일러 문에게 미안하다고 했다.

"참. 형, 왜 그렇게 말이 길어. 선생님. 정규 동아리는 없어졌지만 자율 동아리는 만들 수 있다는 말씀을 들었어요. 그래서 형이랑 제가 자율 동아리 문학반을 만들어보려고 해요. 선생님께서 지도교사를 맡아 주시면 안 될까요?"

옆에 앉아 있던 문학 하마는 간절한 표정으로 날 바라보았다.

"음…. 자율 동아리는 위험부담이 커. 내년에 또 사라질 수도 있고…. 그러지 말고, 우리 정규 동아리 만들자."

"될까요?"

문학 하마가 신중하게 물었다.

"내가 학교에다 건의해 볼게. 그런데 제일 중요한 것은 학년당 일곱 명씩은 지원자가 있어야 하는데, 모을 수 있겠니?"

대답을 못 하고 우물쭈물하는 문학 하마를 대신해서 세일러 문이 과장되게 웃으며 큰 소리로 말했다.

"모아야죠. 제가 중학교 때 학생회 부회장이었는데요. 친구들에게 거짓말, 헉! 아니고요. 잘 설득할 자신은 있어요."

어떻게 노력했는지 모르겠지만 고등학교 1학년 여덟 명, 2학년 일곱 명, 모두 열다섯 명으로 정규 동아리 문학반은 만들어졌다.

동아리 첫 시간. 교실에 들어서자마자 '오합지졸'이란 말이 머리에서 랩처럼 계속 맴돌았다. 교사를 오래 하다 보면 처음 보자마자 학생들에 대한 견적이 나올 때가 있다. 이 아이들은 손이 많이 가야 하는 학생들이고, 머지않아 난장판을 펼칠 가능성이 충분한 아이들로 보였다. 감정을 다독거리며 출석을 부른 뒤 한 명씩 나와서 자기소개를 해보라고 했다. 문학 하마와 세일러 문은 가장 나중에 발표하라고 했다. 아무도 나오지 않았다. 칠판에 순번과 이름을 쓰고 이 순서대로 나오라고 했다.

"철학과로 진학할 예정입니다. 여러분은 잘 모르겠지만 문학과 역사와 철학은 하나입니다. '문사철'이라고 하지요. 그래서 문학반에 들어왔습니다. 철학이 뭐냐면 말입니다."

아이들은 지겹다는 듯 야유를 보내고, 이름도 말하지 않은 채 자기소개를 끝낸 철학자는 뒷짐을 지고 자리로 돌아갔다. 그리고 자신의 옆자리에 앉아 있는 후배에게 철학에 관해 떠들다가 졸기 시작했다.

"중학교 때 문예반 반장이었습니다. 문예반 선배 형이 와서 술을 사줬습니다. 그 자식 때문에 문예반 반장 일주일 해보고 잘 렸습니다. 다시는 이런 거 하지 않으려고 했는데 세일러 문이 꼬셔서 왔습니다."

술은 끊었냐는 아이들 질문에 문예반 반장은 실실 웃기만 하였다.

"대학을 문과로 갈 예정입니다. 그래서 동아리 점수 따려고 왔습니다."

'대학을 간다고 네가?' 아이들의 야유가 쏟아졌다.

"웹툰 작가의 재능이 제 몸에 흐르고 있습니다. 웹툰 스토리 쓰는데 도움이 될 것 같아 지원했습니다."

웹툰 작가가 자기가 만든 캐릭터라면서 칠판에 그림을 그렸다. 형편없었다. 웹툰 작가가 발표할 무렵부터 아이들은 하품을 하기 시작했다. 작은 고무 공을 바닥에 튀겨대는 아이도 있었다.

"제 이름은 정하온. 노래로 제 소개를 대신 할까 해요."

자기소개를 하는 아이들 가운데 처음으로 자기 이름을 말했다. 그러고는 노래를 부르기 시작했다. 그 모습이 어딘가 어색하고 불편해 보였다. 하온이가 부른 노래는 심수봉 가수가 리메이크한 〈젊은 태양〉이었다. '우리는 너나 없는 이방인 왜 서로를 사랑하지 않나'라는 부분에서는 고래고래 소리를 지르듯 불렀고 아이들은 물건을 집어 던졌다. 사실 하온이는 입학 때부터 친구들의 눈길을 끈 아이였다. 우리 학교는 기독교 학교여서 일주일에 한 번씩 강당에서 예배를 드린다. 예배에 앞서 찬양반이 찬양을 부르는 시간에 하온이는 자리에서 일어나 그 음악에 맞춰 활발한 몸짓을 했다. 그 모습이 우스꽝스러워서 다른 친구들이 웃어대도 혼자 행복한 바보처럼 웃는 표정을 지으며 몸을 움직이던 아이였다.

하온이가 노래를 마친 후부터 교실은 엉망진창이 되기 시작했다. 갑자기 말도 없이 화장실을 가려 해서 나에게 야단맞는 아이도 있었고, 문학 하마는 듣지 않는 아이들은 아랑곳하지 않은 채 혼자 문학에 대한 강의를 삼십 분째 이어나갔고, 계속 졸던 철학자는 문학 하마의 이야기 중간중간에 맥락 없이 박수를 치고, 세일러 문은 군대 신병 훈련 조교처럼 반말로 짧게 자기소개를 마쳤다. 그때까지도 발표를 하지 않던 아이들은 억지로 우르르 나와서 '그냥 왔는데요' '저도요' '얘가 다 말했는데요' '저도요'라고 말하고 킥킥대며 빠르게 자리로 들어갔다. 나는 한숨을 쉬며, 다음 시간부터 각자 쓴 글이 있으면 가져오라고 했다. 첨삭을 해주겠다고 말했지만, '첨삭'이란 단어를 모르는 아이가 대부분인 것 같았다. 첨삭 받고 싶지 않으면 독서를 해도 좋고 각자 공부할 것을 가지고 와서 공부해도 좋다고 했다.

두 번째 동아리 시간도 마찬가지였다. 난장판이었다. 그나마 다행인 것은 문학 하마와 세일러 문의 글이 꽤 괜찮았다는 것이었다. 특히 문학 하마는 지금 등단해도 손색이 없을 정도였다. 하지만 그 둘을 제외하면 교실은 '이상한 나라의 초현실주의자'들이 모여 있는 것같았다. 읽을 책을 가지고 온 아이는 단 한 명, 문예반 장뿐이었다. 무슨 책인지 궁금해서 봤더니 로트레아몽의 《말도로르의 노래》였다. 문예반 반장에게 술을 먹인 그 형이 준 책인데, 무슨 말인지 하나도 모르겠다고 했다. 담배 냄새가 역하게 났다.

문예반 반장과 내 옆으로 아이들이 몰려들었다. 로트레아몽이 도라에몽 동생이냐? 담배 피우면 좋냐? 하고 실없는 농담을 진지하게 하다가 이내 킬킬 웃어댔다. 공부할 거리를 가지고 온 아이는 한 명도 없었다. 하온이는 구석 자리에서 기타 연습을 하고 있었다. 그 모습을 가만히 구경하는 아이들, 삼삼오오 떠드는 아이들, 잠을 자는 아이들. 진지하게 나에게 다가오더니 화장실에 다녀와도 괜찮냐고 노려보면서 말하는 아이. 다른 친구들을 쳐다보다가 창밖을 바라보다가 작은 소리로 욕을 내뱉는 아이…. 나는 깊고 길게 한숨을 내쉬며 교실 구석 책상에 걸터앉아 아이들을 바라보았다. 다음 시간에 동아리를 재선택할 수 있게 되는데 자칫 문제아들이 몰려드는 반이 될 것 같은 걱정도 들었다.

　하온이가 무대에 서 있었다. 찬양반 친구들과 함께 몸짓으로 찬양하고 있었다. 평소 학생들과 형제처럼 지내는 젊은 전도사님이 하온이를 무대 위로 올라오게 한 것이다. 강당 안에 있는 아이들은 무대 위에서나 무대 아래에서나 모두 즐거워하며 하온이의 몸짓을 따라 하며 노래를 함께 부르고 있었다. 순간, 내 마음에서 아! 하는 탄성이 나왔다. 교사에게는 학생들 밖에 있는 틀과 학생들이 잘 어울리도록 만드는 것도 중요하지만, 그에 앞서 학생들 각자에게 있는 빛깔을 잘 드러낼 수 있도록 하는 방법을 찾는 것이 먼저라는 사실을, 문학반에서는 잠시 잊어버리고 있었다는 것을 깨달았다. 한 수 가르쳐준 전도사님이 고마웠다.

　그날 문학반 동아리 연간 계획표와 일정표를 밤늦도록 수정했다. 보이지 않는 아이들의 마음과 만나고, 그것을 바탕으로 아이들의 앞날을 생각해 볼 수 있는 일종의 상담 프로그램으로 문학반을 운영할 계획을 세웠다. 그들 각자의 마음과 문학을 만나게 하는 방법을 고민했다. 우선 열다섯 친구 각자의 이름으로 폴더를 만들고 개개인의 특성을 정리한 파일들로 채워나가기로 했다.

동아리 세 번째 시간. 문장 완성 카드놀이를 했다. '누가' '누구와' '어디서' '무엇을 했다'에 해당하는 말을 각각 종이에 쓰고 이를 뒤섞어 문장을 만드는 놀이였다. 예를 들면 '철학자와 문학 하마는 우주에서 수영을 했다'와 같은 문장이 나오면 왜 그곳에서 두 사람이 수영하는지에 대해 각자가 이야기를 만드는 놀이였다. 같은 놀이를 세 번 했다. 두 번째는 친구들 이름이 아닌 어른들이나 다른 나라 사람의 이름도 괜찮다고 했다. 세 번째는 비밀로 하기로 하고 평소에 말하고 싶은 내용을 적자고 했다. 웃음이 끊이지 않던 놀이가 세 번째부터는 숙연해지기까지 하였다. 아이들이 건의해서 한 번 더 했다. 놀이를 마치고 그 종이들을 큰 그릇에 넣고 태웠다.

"여기까지 이런 사연들 안고 오느라 고생 많았다."

내 말을 듣고 심각한 표정을 짓는 그 모습들이 살짝 우스꽝스럽기도 했다.

동아리 네 번째 시간. '한국 만화 박물관'으로 견학을 갔다. 눈썰미가 좋은 웹툰 작가가 제일 신이 났다. 나는 그 친구에게 문장 완성 카드놀이를 할 때부터 동아리 활동을 사진과 동영상으로 남기는 역할을 맡겼다. 만화를 그리기 위해서는 '자료를 수집하는 활동이 필요하다'라는 말도 함께 건넸다. 문학 하마에게는 문학반

활동을 계속 메모하는 작업을 하라고 했다. 글을 쓰기 위해서는 관찰이 필요하고 캐릭터를 만들어내는 것도 중요하므로 문학반 활동을 통해 그 연습을 해보라고 했다. 시 쓰기를 즐겨 하는 세일러 문에게는 문학반 활동을 하면서 만난 대상들을 비유하는 표현을 만들어보라고 하였다. 아이들 모두에게는 만화 박물관에 오고 가면서 바라본 거리의 간판 중 눈에 들어오는 이름을 메모해 둔 뒤 그 뜻을 다음 동아리 시간에 와서 발표하라고 하였다. 만화 박물관 이외에도 대형 서점, 동네 서점도 방문하였다. 아이들은 학교를 벗어나는 것만으로도 즐거운지 계속 웃음꽃을 피웠다.

여름 방학을 앞둔 1학기 마지막 동아리 시간. '감정 카드 나눔' 시간을 가졌다. 감정 카드 하나를 선택한 뒤 5분간 자유롭게 이야기하는 시간이었다. 오늘의 주인공은 발표자가 아닌 듣는 사람들이라고 강조하고 시작했다.

철학자는 자신의 아버지가 지리산에서 철학관을 운영하고 계셔서 일 년에 몇 번 못 본다고 하였다. 어머니께서 험한 일을 하시면서 집안 생활을 책임진다고 하셨다. 그래서 아버지도 밉고, 사실은 철학도 싫다고 하였다. 오늘 생각해 보니 철학이 중요한 학문이라고 말한 이유는 그래야 아버지를 미워하지 않을 것 같아서 그런 것 같다고 했다.

하온이가 이야기했다. 자신은 중학교 1학년 때까지 미국에서 살았는데 인종차별을 당했다고 했다. 부모님께도 말씀드리지 않았다고 했다. 오늘도 자신은 노래를 부르겠다고 하며, 〈젊은 태양〉을 불렀다. 이번에는 기타를 연주하면서 차분하게 불렀다.

그렇게 아이들은 자신의 이야기를 풀어내기 시작했다. 아픈 아이들이었다. 너무 아픈 나머지 자신을 세상에 꺼내놓기 힘겨워하는 친구들이었다. 나는 일종의 고해성사처럼 말했다. 처음에 너희들을 하찮게 봤다고, 그냥 올해만 때우려고 했다고, 너희들의 상처를 보려고 하지 않았다고, 미안하다고…. 그날 우리들은 많이 울었다.

가을이 되었다. 문학반 하마가 문집을 만들자고 제안했다. 그동안 문학반에서 활동한 내용을 글로 써서 정리하면 괜찮은 문집이 될 것 같다고 하였다. 물론 결과물이 있어야 생활기록부 동아리 활동 내용이 풍성해지리라는 계산도 깔려 있다고 부끄러운 듯 말했다. 제목도 아이들과 의논해서 정했다고 했다. '경계선'. 자신들이 아이와 어른의 경계에 있는 사람들이라는 뜻이고, 글을 쓴다는 것은 '경계선 너머에 무엇이 있을까?' 하고 궁금해하는 과정인 것이 두 번째 이유라고 했다. '두 번째 이유가 아주 멋진데'

라고 말하자 아이들이 와르르 웃었다. 내가 동아리 첫 시간에 아이들에게 했던 말이라고 했다. 그러니까 그날 아이들은 내 말을 듣고 있던 것이다. 자료를 모으고, 글을 쓰고, 합평회를 하고, 교정 교열을 하는 산고의 시간을 보냈다. 문학반 모두 함께 그 시간을 보냈다. 힘들었지만 재미있었다. 꽤 알찬 문집 《경계선》이 세상에 나왔고, 문학반 아이들은 동인지를 만든 경험이 있는 '작가'들이 되었다. 문집이 나올 즈음 학교는 축제를 준비하는 기간이었다. 우리는 출판 기념회 겸 카페를 운영하기로 했다.

카페는 대성공이었다. 가족과 친구들, 그리고 선생님들이 많이 다녀가셔서 문학반 카페 '로트레아몽의 경계선'은 늘 바빴다. 바리스타 못지않게 커피를 잘 타는 친구가 둘이나 있다는 사실도 그날 알았다. 일 년 동안의 활동 모습, 작품을 낭송하는 문학반 친구들, 연극처럼 철학을 강의하는 철학자와 문학을 강의하는 문학 하마, 기타를 연주하며 노래하는 하온이의 모습을 담은 동영상이 카페 안 화면에서 계속 나오고 있었다. 카페 수익금도 꽤 많이 생겼다. 책이나 영상물을 사서 도서관에 기증하자고 아이들이 제안했다. 나는 책을 두 권씩 사서 한 권은 자신이 갖고 한 권은 도서관에 기증하자고 했고 친구들은 흔쾌히 승낙했다.

동아리 마지막 시간. 롤링 페이퍼를 썼다.

대학에서 문학 평론도 공부해 보려 합니다. 창작에 매몰되지 않으려
고 합니다. 감사합니다. 선생님 덕분에 제 삶이 넓어졌습니다. (문학 하마)

선생님 덕분에 아주 멋진 등대를 하나 발견했어요. (세일러 문!)

담배 끊었어요. 로트레아몽 이해하게 해주셔서 감사해요. (문예반장)

저랑 늘 함께 노래 불러주셔서 감사해요. (정하온 올림)

웹툰 작가에서 사진작가로 꿈을 바꿨어요. 잘했죠? (웹투니)

제 경계가 어디쯤인지 생각해 보라는, 선생님 말씀 멋있어요! (얼떠리)

글을 잘 쓰지 않아도 문학은 재미있다는 것을 알게 되었어요. (얼떠리2)

저도요! (얼떠리3)

나도요! (얼떠리4)

2학년 때 이과로 정했어요. 문학반 동아리 활동은 대학에 갈 때 큰 도움
이 되지 않을 것 같아요. 하지만 문학은 계속 좋아하려고요. (실용주의자)


문학반 친구들 가운데 문학을 업으로 살게 될 이들은 한둘뿐
이란 것을 나는 안다. 그러나 앞날을 엮어나가면서 그들은 문학반
동아리 추억을 자주 이야기할 것이고, 문학은 맺힌 마음을 풀어낼
수 있는 소중한 영역이란 것을 알게 되었다는 것도 나는 안다.

열아홉 담장을 뛰어넘는 아이들 ― 등대를 발견한 문학반

# 슬픔을 치유하는 슬픔

한 슬픔이 다른 슬픔을 치유할 수 있다는 것은 참 신비한 일이야.
아테네 사람들은 도서관을 '영혼의 병원'으로 부르면서 다른 이의
글을 읽거나 자신이 글을 쓰면서 정신적 아픔을 치유하곤 했단다.
너희들처럼 나도 중고등학교 시절, 참 힘들었어. 다른 이들에게
착하게 보여야 한다는 의무감, 남자는 울지 말아야 한다는 생각,
가난한 우리 집안 모습을 다른 친구들이 알지 않았으면 하는 자
존심, 대학을 가지 못할 것 같은 불안감, 고향으로 돌아가고 싶은
마음…. 늘 힘들었어. 혼자 힘들었어. 고등학교 3년 내내 학교에
아주 일찍 갔어. 교실에 들어가기 전에 도서관으로 가서 나는 일
기를 쓰고 또 썼어. 울고 또 울었어. 마음이 안정되면 도서관 앞 수
돗가에서 세수를 했어. 바람이라도 불어오는 날이면 정말 상쾌했
어. 그럴 때 나는 진짜 아침을 만났어.
마음이 힘든 친구야. 너에게 일기 쓰기를 권해. 가능하면 자신이
쓴 일기를 소리내어 읽어보면 더 좋고 말이야. 쓰다 보면, 읽다 보
면 네 안에 숨어 있던 감정들이 겉으로 나오면서 마음이 정화되
는 신비한 경험을 하게 될 거야. 그러면 지금보다는 조금은 가벼

운 걸음으로 세상을 걸어가게 될 거야. 글을 쓴다는 것, 문학이라는 것은 그런 거란다. 편안하게 현실과 만날 수 있고, 단단한 마음으로 미래를 살아갈 수 있게 만들어 주는 신비한 마법과 같은 거란다.

꿈길을 따라 함께 가는 민물장어들

그해 나는 젊었다. 문제투성이 아이들이 유난히 많이 모인 고등학교 2학년 남학생들의 담임. 겉에 드러난 행동에 앞서 그 아이들의 마음과 아이들을 둘러싼 배경까지 바라보기에는 나는 아직 젊었다. 아니, 어렸다. 하루하루가 전쟁이었다. 50명 전원이 학교에 출석한 날은 거의 없었다. 결석, 지각, 조퇴로 출석부는 엉망이었다. 학교에서 눈에 안 보이는 아이들은 그래도 괜찮았다. 등교한 아이들은 자질구레한 사건들을 끊임없이 동시다발로 저질러댔다. 교내 사고를 정리하고 한숨 돌리려고 하면 어김없이 학교 밖에서 대형 사고를 쳤다는 전화가 왔다. 한밤중에 경찰서로 뛰어가는 일은 주중 행사였다. 스물두 번 담임을 맡았던 중에 가장 힘들었던 해였다.

그해, 우리 반 급훈은 '바다는 비에 젖지 않는다'에서 1학기가 끝나기도 전에 '3학년으로 올라가자'로 바뀌었다. 그때 아이들이, 어느덧 30대 중반, 그러니까 담임을 맡았을 때 내 나이가 되었다. 그 친구들이 반창회를 하는데 선생님을 모시고 싶다는 연락을 보내왔다.

반창회 장소로 가는 내내 중간에 돌아가고 싶었다. 늦은 저녁에 시작하는 그 자리에서 술에 취한 제자에게 험한 꼴을 당할 수도 있다고 생각했다. 내가 그 친구들에게 퍼부었던 욕설, 기합, 체

벌을 생각하면 그럴 수 있기 때문이었다. 제자들 얼굴 보기가 미안했다. 그렇게 망설이면서도 보고 싶은 마음에 이끌려 반창회 장소로 들어갔다. 이미 반창회는 한창 진행 중이었다. 학생 때 담배를 하도 피워대서 '골초 3인방'이라 불리던 제자들이 대학에서 교수 생활을 막 시작한 모범생 친구 두 명에게 무엇인가 심각한 표정으로 설명하다가 나를 보고 소리 지르며 반갑게 인사를 했다. 자신들은 담배를 끊었는데 학교 다닐 때 범생이었던 교수님들이 담배를 엄청나게 피우는 것을 보고, 확실하게 금연 교육을 하는 중이라고 골초 3인방 중 한 명, '속사포 구라'가 이야기했다. 나는 점잖게 무게를 잡고 웃으며 제자들이 권하는 자리에 앉았다.

"불러줘서 반갑다. 내가 먼저 이야기 좀 하겠다. 다 기억하겠지만 너희들 고2 때 내가 심하게 했다. 그래서 사실 여기 오기도 불편했다. 그렇지만 너희들 보고 싶어 왔다. 알고 있겠지만 난 불편한 것은 잘 못 참는다. 그러니까 하고 싶었던 말이 있으면 욕이라도 좋다. 지금 실컷 하고 털자. 뭐, 욕으로 안 풀리면 나 한 대 쳐라. 그래야 내가 편안할 것 같다."

제자들은 웃기도 하고, 어색한 표정도 짓고, 주먹을 쥐었다 폈다 하는 장난스러운 모습도 보였다.

"저래서 꼰대들은 안 된다니까. 내가 그랬잖아. 저 양반은 그저 지가 착한 사람이어야 되는 줄 아는 사람이라니까."

영등포에서 쌀집을 하는 성호였다. 우리 반에서 최고의 악동이었다. 결국 고3, 1학기를 못 마치고 학교를 떠나버린 아이였다. 이미 술에 취해 있었다. 옆에 있는 친구들이 말려도 뿌리치고 자리에서 일어나서 큰 소리로 말했다.

"우리의 영원한 담탱이 문경보 선생님. 그때처럼 운동장 오리걸음으로 같이 열 바퀴 돌고 싶고, 욕도 왕창 먹고 싶어서 오늘 왔습니다. 그러니까 그때처럼 그 저질스럽고 상스러운 욕 바가지로 퍼부어주세요. 그 욕이 그리워서 왔다 이 말입니다."

나는 당황했고, 제자들은 심각했다. 식당 안에 찬 기운이 순간적으로 강하게 몰아치고 있었다.

"할렐루야! 선생님. 제가 한 말씀 드려도 되겠습니까?"

사무엘이었다. 워낙에 잘난 척하는 것을 좋아해서 '나잘난'이란 별명을 가졌던 친구였다. 남에게 충고하는 것을 좋아하고 본인이 원하기도 해서 학급 종교 부장을 했던, 작년에 목사안수를 받은 친구였다.

"그러니까 아마 10월이었을 것입니다. 10월 어느 좋은 날에 우연히 우리 반 친구들 전원이 모두 등교했습니다. 그날은 아무도 지각, 조퇴, 결석을 하지 않아서 저희는 물론 교과 담당 선생님께서도 신기해하셨습니다. 그런데 선생님께서 종례 시간에 들어오셔서 화를 쏟아 내셨습니다. '왜 오늘은 모두 다 왔어? 단체로 저녁에 무슨 일 저지르려고 그런 거 아냐? 얼마든지 해봐. 내가 너희들을 포기하나. 난 너희들 모두 3학년으로 반드시 진급시킬 거야. 마음대로 해봐라. 내가 그렇게 못 하나.'

선생님께서 나가신 뒤 우리는 한참을 멍하니 있었습니다. 집단 최면에 걸린 것 같았습니다. 선생님께서 저희를 포기하지 않는다는 말씀, 저희에게는 참 낯선 말, 하지만 듣고 싶었던 말을 그날 해 주셨습니다. 소식 들으셨는지 모르겠지만 지난봄, 덕수가 하늘나라로 갔습니다. 장례식장에 친구들 몇몇이 모였을 때 성호가 선생님 보고 싶다고 했습니다. 서른을 넘겨도 세상은 너무나 어렵다고 했습니다. 도대체 어디로 가야 할지 점점 모르겠다고 했습니다. 그때마다 고등학교 때, 거기 있지 말라고, 거기로 가면 안 된다고, 학교로 돌아오라고, 욕하고 기합 주던 선생님이 그리워진다고 했습니다. 그래서 오늘 이 자리를 만들었습니다."

나는 사무엘에게 고맙다고 이야기하고 한숨을 크게 내쉰 뒤 제자들을 향해 큰절을 올렸다. 제자들도 엉겁결에 맞절했다. 한참 후에 일어나서 너희들에게 늘 미안했고, 언제나 보고 싶었다고 말했다. 살짝 욕설을 섞어서 했다. 제자들은 웃음꽃을 피웠고, 성호가 '그렇지! 이 맛이지!' 하면서 추임새를 넣었다. 어떻게 지냈는지 궁금하다는 내 말에 제자들이 순서대로 일어나 자신이 살아온 날들에 관해 이야기했다.

완수. 고등학생 때도 그랬고, 대학생 때도 이 사회의 차별에 관해 분노가 깊었던 친구. 대학교 4학년 때 평생을 함께하고 싶은 여자친구를 만났는데 집안이 가난하다는 이유로, 정확히 말하면 처가에 데릴사위로 들어오면 허락하겠다는 여자친구의 아버지 말씀을 듣고 자신을 키워 준 부모님을 배신할 수 없어서 헤어지기로 결심한 친구. 자신이 아무리 노력해도 차별 없는 세상은 만들 수 없다는 현실을 받아들이고, 사람과 사람 사이에 다리라도 되고 싶어서 신문 기자가 되었지만, 여전히 세상은 벽과 늪으로 가득 차 있다고 화를 내며 말하는 친구.

진영. 수학만 잘했던 아이. 중학교 때 수학 천재로 전국을 떠들썩하게 했던 친구. 고등학교에 진학한 후 수학 이외의 과목 성적은 점점 수직 낙하를 해서 원하는 대학을 가지 못하게 된 친구. 학교를 자퇴한 뒤 공부 열심히 하겠다고 하면서 자신이 산 교재를 자랑하러 왔던 친구. 다른 과목 교재는 없고, 수학 교재는 일곱 권, 심지어 두 권은 같은 교재를 산 것을 보고 자기도 놀라 한 참을 울던 친구. 이듬해 복학해서 다시 우리 반이 된 친구. 또래보다 한 살이 많은 상태로 졸업하고 지금은 경기도 변두리에서 작은 수학 학원을 운영하는 친구. 수학 덕분에 먹고살 정도는 되지만 수학은 지겹다는 친구.

종민. 고등학교만 졸업하면 독립할 것이라고 늘 외치던 친구. 아버지와 어머니처럼은 절대 살지 않겠다고 이야기하던 친구. 경비회사에 취직하여 차를 운전하고 다니면서 가게들의 안전을 지켜주고 있는 친구. 의미 있고 자유로운 직업을 가지고 폼 잡으며 살고 있다고 이야기하는 친구. 아버지가 택시 운전을 하시고, 어머니는 미장원을 하시는데, 차 몰고 다니면서 가게 봐주는 일을 하는 것은, 부모님 직업과 뭐가 다르냐고, 부모님께 감사하라는 친구들의 말을 듣고, '그러네. 아! 그러네' 하고 계면쩍게 웃으며 자리에 앉는 친구.

성원. '가치관 경매' 프로그램을 하던 수업 시간에 '행복한 가족'에 자신이 가진 모든 가상화폐를 다 걸고, '이 가치관은 제가 반드시 사야 합니다. 이유는, 이유는, 여기서 말하기 어렵습니다'라고 말했던 친구. "행복한 가족에 돈을 다 쓴 친구들은 일반적으로 두 가지 경우에 해당한다. 첫 번째는 현재 가족끼리 잘 지내고 있어서 계속 그렇게 살고 싶은 마음으로 선택하는 경우다. 이런 친구들을 우리는 '행복한 친구'라고 말한다. 두 번째는 현재 가족 끼리 그리 잘 지내지 못하는, 차마 남에게는 이야기할 수 없을 정 도로 마음이 힘겨운 경우에 선택한다. 이런 친구들을 바라보며 우리는 '위대한 친구'라고 말한다. 자신이 경험하지 않았으면서도 소중한 가치를 알아차리고, 누리고 싶은 사람은 위대한 사람이 고, 다른 이에게도 좋은 영향력을 끼치는 사람이 될 가능성이 높 다"는 내 말을 늘 잊지 않고 살아가는, 지금은 노인을 전문적으로 돌보는 사회복지사로 살아가고 있는 친구. 그렇지만 허리 디스크 가 생겨서 직업을 바꿀 생각도 있다는 친구.

이야기는 계속 이어져갔다. 나름대로 자기 몫을 하면서 잘 살아가고 있으나 삶을 버거워하고 답답해하는 마음들이 느껴졌 다. 벽 앞에 서서 어찌할 줄 모르는 30대 중반 남자들의 쓸쓸한 뒷모습이 보였다. 거의 반창회가 끝날 무렵, 고등학교 때 합창반 솔로로 유명했던 가수 민솔이가 들어섰다. 요즘은 야간 업소에서 공연을 하면서 근근이 입에 풀칠하고 있다고 했다. 오늘도 '7080 클럽'에서 노래를 부르고 오느라 늦었다고 했다. '노래해! 노래 해!' 외치는 친구들에게 알았다고 손을 흔들면서 민솔이는 기타를 조율했다. 그리고 자신이 알고 노래 중 가장 행복한 노래 한 곡을 부르겠다고 했다. 마왕 신해철의 〈민물장어의 꿈〉이었다. 친구들도 따라 부르기 시작했다.

"자. 자. 이 처량한 노래가 왜 행복하냐고 묻고 싶죠? 너네들 앞에서 부를 수 있고, 너네들이랑 함께할 수 있고, 또 여기 문경 보 선생님. 고등학교 때 선생님 아니었으면 담배를 끊을 수 없었는데, 담배를 안 끊었으면 좋은 노래를 부르지도, 어쩌면 먹고살 길도 막막했을텐데…. 그런 선생님 앞에서 노래 부를 수 있어서 이 노래가 행복한 노래라고 생각해. 너네도 보고, 선생님도 뵙고 하니까 참 좋다."

우리는 크게 웃으며 민솔이에게 박수를 보냈다. 제자들 눈가가 촉촉해 있었다. 나도 그랬다. 민솔이의 고백은 우리들 모두의 고백이기도 했다.

그날 헤어지고 난 후 제자들 단톡방에 글을 남겼다.

"2학년 6반 친구들. 인생은 참 남루하고 부질없는 거다. 너희들도 그렇게 인생을 바라보고 있는 것으로 보인다. 괜찮다. 나도 그렇다. 그래서 우리는 가끔은 멋진 옷도 사 입고, 비싼 음식도 먹고, 값나가는 공연도 봐주고, 분에 넘치는 여행을 해도 괜찮을 것 같다. 그렇게 살길 바란다. 너희들이 살아온 이야기를 들어

보니 자신에게 그 정도 사치는 부려도 될 것 같다. 지금보다 조금만 더 인생을 즐기길 바란다. 나도 그렇게 해야겠다.

고백하자면, 나는 너희들 나이 때 인생이란, 무대 위에서 아무도 알아주지 않는 무명 배우의 삶을 살고 있다고 생각했던 사람이었다. 그러나 세월을 쌓아가면서 친구들 덕분에 무명 배우가 아닌 단역배우로 살아가고 있다고 생각하게 되었다. 주인공은 아니지만, 비중은 작지만, 자신의 역할이 있고, 설 수 있는 무대가 있고, 봐주는 관객들이 있다는 것을 깨닫게 되었다. 단역배우로도 행복하게 살아갈 수 있음을 그날 너희들 모임에서도 확인하였다.

친구들하고 오래오래 잘 지내라. 인생은 늘 너희들을 힘겹게 할 것이지만 그때마다 너희들 옆에 있는 친구들, 그 슈퍼맨들이 너희들을 구해줄 것이다. 그날, 나도 그런 친구 중 한 명이 된 것 같아 참 기뻤다. 우리 건강하자!"

# 꿈과 꿈이 만나는 여행

진로 상담을 통해 우리는 무엇을 얻고 싶을까? 자신에게 맞는 직업, 그 직업을 위한 효율적인 준비 과정에 관한 지식을 얻는 것은 분명 진로 상담의 중요한 목표지. 그러면 우리가 직업을 선택하려는 이유는 무엇일까? 지금 나는 직업을 가진 다음에 주어지는 것 말고, 직업을 갖게 된 마음에 관한 생각을 이야기하고 있어. 사람과 사람이 만난다는 것은 꿈과 꿈이 만나는 것과 아닐까? 그 꿈은 각자의 꿈일 수도 있고, 함께 꾸는 꿈일 수도 있겠지.

그럼 만난다는 것은 무엇일까? 나는 여행을 하는 것이라고 생각해. 삶이라는 길을 함께 걸어가면서 위로하고 격려하면서 맺힌 마음을 푸는 여행, 걷고 또 걷다가 지치면 잠시 쉬어가는 여행. 길동무들끼리 편안한 친구가 되는 여행. 별 의미 없는 수다를 떨기도 하고 서로의 아픈 이야기를 들어주기도 하면서 새롭게 자신과 가족과 친구와 주변 사람들을 바라보는 힘을 길러주는 여행. 어쩌면 진로 상담은 그 여행의 다른 이름이 아닐까?

목적지를 알려주기보다는 목적지로 가야 하는 이유에 대해 함께 이야기를 나누는 시간, 때론 목적지보다 네가 더 소중하다는 것을 깨닫는 시간. 살아온 날들이 살아갈 날들의 등대가 되어준다는 것을 깨닫게 해주는 시간. 친구와 함께 꿈길을 걸어가는 고운 시간의 의미를 알게 되는 것, 그것이 진로 상담을 통해 우리가 얻을 수 있는 빛나는 보석들이 아닐까?

# 열아홉 담장을 뛰어넘는 아이들

1판 1쇄 발행 2025년 4월 30일

**지은이**  문경보
**발행인**  신혜경
**발행처**  마음의숲

**편집이사**  권대웅
**편집**  조혜민
**디자인**  이윤교
**마케팅**  오세미

**출판등록**  2006년 8월 1일(2006 - 0001595호)
**주소**  서울시 마포구 와우산로30길 36 마음의숲빌딩(창전동 6 - 32)
**전화**  (02) 322-3164~5 | 팩스 (02) 322-3166
**이메일**  maumsup@naver.com
**인스타그램**  @maumsup
**용지** 월드페이퍼(주)  **인쇄 · 제본** (주)교보피앤비

**ISBN**  979-11-6285-170-8 (03810)